Michèle Friedrichs

Das Haus unter der Abtei

Personen und Handlungen sind frei erfunden.
Ähnlichkeiten mit lebenden oder toten Personen
sind rein zufällig und nicht beabsichtigt.

1. Ausgabe 2021

Herausgeberin: Michèle Friedrichs
Illustrationen: Michèle Friedrichs
ISBN 978-3-00-069794-4

www.ateliermichelefriedrichs.de

Michèle Friedrichs

Das Haus unter der Abtei

Prolog

Eigentlich wollte der Gärtner an diesem Morgen nur das Unkraut jäten. Stattdessen entdeckte er Leonard Lieven, seinen Chef, der ziemlich zerkratzt mit gebrochenen Gliedern tot im Rosenbeet lag. Die Polizei stellte später fest, dass der Besitzer der Villa vom darüberliegenden Balkon gestürzt sein musste. Einiges sprach für einen Unfall; das hohe Alter des Toten, seine Gebrechlichkeit, ein einsames Weinglas neben zwei leeren Flaschen Chateau Mouton Rothschild auf dem Balkontisch. Der Grund für den Sturz könnte also ein verständlicher Schwindel nach übermäßigem Alkoholkonsum sein. Der Gärtner und die Haushälterin sagten noch aus, dass der Tote zu Lebzeiten unter Melancholie und Trübsinn gelitten habe.

Genau 11 Wochen später, am 19. Mai, passierte ein weiteres Unglück. Leonard Lievens Schwester wurde schwer verletzt vor dem Gladbacher Münster gefunden. Weil es geregnet hatte, waren die Pflastersteine an diesem Abend nass und glitschig. Die alte Dame war wohl gestürzt und hatte einige Stunden dort unentdeckt gelegen. Der sommerliche Leinenkaftan, den sie trug, war vom feinen Nieselregen bereits komplett durchnässt. Das schlechte Wetter war der Grund dafür, warum kaum Menschen unterwegs waren und sie so spät entdeckt wurde. Jedenfalls bezweifelte niemand, dass es sich um einen Unfall handelte.

Doch nicht immer sind die Dinge ganz so einfach ...

Kapitel 1

Das verworrene Knäuel

Wilhelmina betrachtete das kleine Bild an der Wand. Es sagte ihr rein gar nichts. Aber hier zu stehen war immer noch besser als gemeinsam mit den anderen Gästen der Vernissage die Worte des Laudators anhören zu müssen. Wilhelmina war froh, dem langweiligen Vortrag entkommen zu sein. Sie glaubte, sie wäre allein, als plötzlich jemand neben sie trat. Willi, wie sie von allen genannt wurde, zog die Augenbrauen hoch. Es war eine alte Dame, die sie nicht hatte kommen sehen ...

Die alte Dame war etwa Ende 70, vielleicht auch älter. Sie hatte unzählige Falten und eine zerknitterte Haut wie feines und kunstvolles Origami – keine glattgezogene Frischhaltefolie, wie man sie in Düsseldorf recht häufig sieht, stellte Willi belustigt fest. Die Dame sah wirklich beeindruckend aus. Sie war schlank und groß und die Jahre hatten ihrer Schönheit kaum zugesetzt. Der Lichtstrahl des Spotlights, das wohl das kleine Bild an der Wand beleuchten sollte, verwandelte das schneeweiße Haar der Fremden in eine Art Heiligenschein, betonte ihre auffällige Erscheinung und verlieh ihren Worten ein gewisses Flair.

»Was sehen Sie in diesem Bild?« fragte die Dame freundlich und fügte hinzu: »Aber ich möchte Sie natürlich nicht stören.«

»Nein, nein, Sie stören überhaupt nicht. Ich war nur in Gedanken versunken. Ich hatte nicht erwartet, dass jemand außer mir hier ist. Alle anderen scheinen ja nebenan zu sein.«
»Da haben Sie natürlich recht. Aber man muß ja nicht immer da sein, wo die anderen sind. Sie sind ja schließlich auch nicht dort.« Sie lächelte.
Willi lächelte zurück. Doch anstatt auf die Frage zu antworten, musterte sie die Fremde neugierig. Sie war gleichzeitig alt und sehr schön. Selbst die zahlreichen Altersflecken auf ihren Händen wirkten nicht deprimierend, sondern eher wie gutgelaunte Sommersprossen. Der hellblaue Leinenkaftan und die roten Sandalen deuteten auf eine gewisse Chuzpe hin. Die Frühlingswärme an diesem 8. Mai war noch ein äußerst zartes Pflänzchen. Eigentlich gab es keinen Grund dafür, nackte Füße in Sandalen zu stecken. Das erforderte schon eine gute Portion Optimismus.

Die alte Dame registrierte, dass Willi sie anstarrte, und nutzte die Gelegenheit, die junge Frau ebenfalls genau zu betrachten. Sie kam ihr irgendwie bekannt vor. Das war auch der Grund, warum sie ihr in den Nebenraum gefolgt war. Das und natürlich die Tatsache, dass sie nicht gewissen Leuten begegnen wollte, die sie seit geraumer Zeit ziemlich nervten. Das Ehepaar Gebber aus Mönchengladbach hatte in einer sehr aufdringlichen Art und Weise versucht, ihr eine kleine Immobilie abzuschwatzen, die sie unlängst von ihrem Bruder geerbt hatte. Sie hatte sogar vor, auf das Kaufangebot des Bauunternehmerpaares einzugehen – schon allein deshalb, um beide endlich loszuwerden.

Die junge Frau gefiel ihr. Das gibt es eben, dachte die alte Dame, dass man jemanden mag, bevor man ihn richtig kennt. Manchmal ist es die Stimme, die eine schöne Erinnerung weckt. Manchmal ist es nur eine Haarsträhne, die sich auf vertraute Art und Weise kringelt. Bei dieser jungen Frau waren es die dunklen Locken, die sich so widerspenstig einer Frisur widersetzten. Es war dieser konzentrierte, ernste Blick, der eine Steilfalte zwischen den Augen verursachte. Es war diese gewisse Schlaksigkeit in den Bewegungen. All das erinnerte sie an jemanden, den sie sehr vermisste; ihren Bruder Leonard, der Anfang März verunglückt war.

»Ich verstehe nichts von Kunst ...«, sagte Wilhelmina unvermittelt.

Das stimmte zwar nicht, aber die Wahrheit war, dass sie in dem kleinen Bild, vor dem die beiden Frauen standen, nur ein belangloses Gekritzel sah. Es sah aus wie das, was sie üblicherweise bei schwierigen Telefonaten auf dem Notizblock hinterließ.

Die Dame lächelte. »Sie winden sich aus einer Antwort heraus, meine Liebe. Es gefällt Ihnen nicht.«

Willi errötete. »Es sagt mir nur einfach nichts.«

Die Dame wickelte eine Haarsträhne um ihren Finger und überlegte.

»Jetzt vergessen Sie einfach mal die Menschen, die meinen, sie hätten das Wissen um die Kunst gepachtet. Die sind nicht wichtig. Es sind nur allzu oft diejenigen, die sich einfach gerne blenden lassen, weil sie dann ihre eigene Genialität zu spüren meinen. Was ihnen eine Art Status verleiht. Dann fühlen sie sich besser. Und wir alle wollen uns besser fühlen. Das ist alles.«

Sie kramte aus ihrer Tasche eine Tüte Bonbons heraus und bot Willi eines an.

»Ich vermute, Sie sehen auf diesem Bild nur ein Gekritzel, ein totales Chaos. Sagen Sie es ruhig.«

»Ehrlich gesagt war das mein erster Gedanke.«

»Und er war absolut richtig! Aber jetzt kommt der Trick: es kommt nur auf Sie selber an. Auf Sie als Betrachter. Für mich zum Beispiel ist ein solches Chaos nichts anderes als ein verworrenes Knäuel.«

»Knäuel?«

»Ja, natürlich. Und wenn Sie erst einmal darauf achten, werden Sie überall verworrene Knäuel entdecken. Unsere ganze Welt besteht nämlich daraus.«

»Die Welt besteht aus Knäueln?«

»Aber ja! Da gibt es zum Beispiel die offensichtlichen, ganz banalen Alltagsknäuel, die jeder mit den Augen sehen kann: eines aus Wolle im Handarbeitskorb, ein altes Jalousieband auf dem Sperrmüll, der Gartenschlauch, der keine Trommel zum Aufrollen hat, und der deshalb verwurstelt im Garten herumliegt, die verwickelte Lichterkette vom letzten Weihnachtsfest, der Kabelsalat hinter dem Schreibtisch.«

Sie lutschte eine Weile auf einem Bonbon herum. »Dann gibt es die Knäuel, die man nicht mit der Hand greifen kann, die aber normale Menschen zu Abenteurern werden lassen; das Geheimnis von Atlantis, das Rätsel um das Bermuda-Dreieck,

mysteriöse Ringe in Kornfeldern oder so etwas in der Art.«
»Aha. Ich glaube, ich verstehe, was Sie meinen.«
»Davon gehe ich schwer aus! Und dann gibt es natürlich noch die persönlichen Knäuel. Das sind die schlimmsten! Die muss man unbedingt entwirren, sonst findet man keine Ruhe. Verstehen, was einen treibt, was einem fehlt, woher man kommt und wohin man geht, meine ich. Um all das geht es doch im Leben.«
Willi lauschte den Worten der alten Dame, ohne das Bedürfnis zu haben, sie zu unterbrechen.

»Persönliche Knäuel betreffen meistens die eigene Familie; sie bestehen aus enttäuschten Gefühlen und Erwartungen, fehlendem Vertrauen, unerfüllten Sehnsüchten. Sowas hängt einem ein Leben lang nach – egal, wie sehr man versucht, sich mit anderen Dingen zu beschäftigen. Vernissagen besuchen zum Beispiel. Und jetzt sehen Sie sich das Bild noch einmal an. Denken Sie dabei an ein persönliches Knäuel, eine verzwickte Sache, die Sie beschäftigt. Etwas, das Ihnen spontan einfällt.«
Willi überlegte. »Da kommt mir ein Nest in den Sinn.«
»Ein Nest im Sinne von einem Zuhause?«
»Ja,« entgegnete Willi zögerlich, »ich glaube schon.«
»Bravo.« Die Dame klatschte in die Hände. »Jetzt sind Sie soweit. Das Gekritzel ist also für Sie ein Haus. Das ist interessant. Was für ein Haus ist es denn?«
»Ach, nur ein sehr kleines Haus.«
»Beschreiben Sie es. Gehen Sie in die Tiefe. Ist es aus Holz? Vielleicht ein Fachwerkhaus?«

»Nein. Es ist eher stabil und schwer. Es muss natürlich dicht sein.«
»Dicht? Was meinen Sie damit?« Die Dame sah sie mit ernsthaftem Interesse an.
»Naja, dicht heißt einfach, dass es aus Stein gebaut ist. Nicht aus Holz. Es wird schön warm darin. Kein Sturm kann ihm etwas anhaben. Ein Zuhause, das nicht so leicht einstürzt. Oder abbrennt. Oder vom Baum geweht wird.«
Die Dame nickte, als hätte Willi gerade etwas absolut Selbstverständliches gesagt und sah Wilhelmina unverwandt an.
»Wo sind Sie geboren, mein Kind?«
»In Lörick.«

»Leben Ihre Eltern noch dort?«
»Mein Vater ist vor einigen Jahren gestorben. Meine Mutter wohnt jetzt noch in dem Haus, in dem ich geboren bin.«
»Meine Familie wohnt seit vielen Generationen in Gladbach. Kennen Sie Mönchengladbach?«
»Nein, leider nicht. Aber meine Mutter hat früher einige Zeit dort gearbeitet.«
Die Dame stutzte. »Ach so? Wie heißt denn Ihre Mutter? Vielleicht kenne ich sie ja. In Gladbach kennt man sich. Das ist nicht wie in Düsseldorf.«
»Ihr Mädchenname ist Mangold. Maria Mangold.«

Brunos laute Rufe drangen wie aus einem fernen Universum herüber und beendeten das Gespräch der beiden Frauen abrupt. Im nächsten Moment sah Willi ihn auch schon in den kleinen Raum stürmen. Die seltsame Tiefe, die eben noch hier zu spüren gewesen war, war verflogen.

»Was treibst du hier?«
Willi drehte sich wieder zu der Dame um, um sich zu verabschieden, doch die war verschwunden.
»Kanntest du die Frau, mit der ich mich gerade unterhalten habe, Bruno?«
»Welche Frau? Ich habe niemanden gesehen. Jetzt komm endlich, die warten nicht ewig.« Er zog sie am Arm.
Willi folgte ihm.

Bruno, der jungenhafte Typ mit den grauen Schläfen, ließ Wilhelminas Arm erst los, als sie im Hauptraum der Galerie waren. Mit schnellen Schritten und charmantem Lächeln eilte er zielstrebig auf ein älteres Paar zu, das schon auf ihn zu warten schien. Als die Frau Bruno kommen sah, schüttelte sie affektiert ihr Haar. Ganz offensichtlich war sie Brunos üblicher Charmeoffensive bereits erlegen.

Bruno war etwas nervös. So eine große Sache einzustielen, war immer heikel. Da musste man mit Fingerspitzengefühl rangehen. Ihm war zu Ohren gekommen, dass das Ehepaar Gebber, das eigentlich aus Mönchengladbach stammte, drei Luxusimmobilien in bester Lage in Düsseldorf verkaufen wollte. Es reichte also nicht, wenn er Gundula Gebbber umgarnte. Auch ihren Ehemann musste er irgendwie einwickeln. Und dafür brauchte er Wilhelmina.

»Ich möchte Ihnen meine Verlobte vorstellen ... Wihelmina Maassen. Wilhelmina, das sind Herr und Frau Gebber. Gundula Gebber ist eine große Kunstliebhaberin und -sammlerin.«

Gundula Gebber, die ziemlich penetrant parfümiert war, verzog spöttisch den Mund, als sie Wilhelmina sah. Was für ein fades Etwas, dachte sie. Kein Make-up. Kein Schmuck. Keine Label. Keine Farbe. Optisch gesehen war für Gundula Gebber alles, was sich im Farbbereich unterhalb einem kräftigen Rot oder einem leuchtenden Pink abspielte, nicht der Rede wert. Sie selber war eine auffällige Erscheinung, trug natürlich ein knallrotes Kostüm, an jedem Finger einen dicken goldenen Ring und ein riesiges, buntes Seidentuch. Sie fragte sich, was dieser charmante und gutaussehende Bruno an so einer blassen Person fand. Sie beschloss, ein wenig zu sticheln. Nur so, aus reiner Freude.

»Sind Sie eine Angestellte der Galerie? Oder sind Sie im Büro Ihres Verlobten tätig?« Gundula Gebber lächelte fies.
Willi verneinte beides höflich und versuchte, auch das penetrante Parfüm zu ignorieren, was weitaus schwieriger war.

Gerd Gebber dagegen grinste bis über beide Ohren. Ein hübsches Kind, dachte er. Und viel jünger als Gundula. Er kam ganz nah mit dem Kopf an Willi heran. Sie konnte schon seinen Atem spüren. Gebber schwadronierte über dies und das, über seine Domizile auf Sylt und Mallorca, seine Sportwagen, seine Golfschläger, seine gutlaufenden Baufirmen. Je länger er redete, desto klarer wurde, dass es sich bei ihm um einen typischen Neureichen aus einfachen Verhältnissen handelte. Irgendwann legte er Willi in ziemlich aufdringlicher Art und Weise seinen Arm um die Taille, was Bruno zufrieden zur Kenntnis nahm.
Er strich leicht über Gundula Gebbers Rücken, ohne dass ihr Mann es bemerkte und sagte: »Ich denke, wir sollten uns jetzt noch die anderen Kunstwerke ansehen. Drüben im Nebenraum. Da gibt es interessante Sachen zu sehen.« Er zwinkerte Gundula Gebber zu.
Die nickte erfreut und stieß ihren Mann grob an. »Geh du doch schon mal mit der Verlobten von Herrn Bettermann für uns alle den Wein holen, Schatz. Wir treffen uns gleich hier wieder. Für mich einen Grauburgunder.«

Nach einer ganzen Weile kamen der Bauunternehmer und Willi mit jeweils zwei Weingläsern in der Hand zurück. Bruno und Gundula Gebber ließen sich kurz darauf ebenfalls wieder blicken. Der rosige Teint der Unternehmergattin und ein roter Fleck auf Brunos Hemdkragen waren nicht zu übersehen. Willi versuchte, es zu ignorieren, konnte sich aber einen Spruch nicht verkneifen.

»Und wie hat Ihnen als Kunstkennerin das Bild mit der Bleistiftzeichnung im Nebenraum gefallen, Frau Gebber?«
»Wie? Ach so, das Bild ... ja, sehr interessant.«
Bruno grinste unverschämt. Das war zuviel. Willi, die immer noch zwei Gläser in der Hand hielt, stolperte über etwas, das gar nicht auf dem Fußboden lag und versuchte, mit einem ordentlichen Teil des Grauburgunders Brunos Hose zu treffen, doch sie erwischte stattdessen Gerd Gebber.
»Oh. Das tut mir sehr leid. Das wollte ich nicht ...«, entschuldigte sie sich wahrheitsgemäß.
Aber Gerd Gebber lachte nur. »Ein guter Wein ist niemals deplatziert – es sei Ihnen also verziehen. Dafür müssen Sie aber mit mir golfen gehen. Wie wäre es nächste Woche?«

Die Vernissage näherte sich ihrem Ende. In der von Geschwätzfetzen geschwängerten Luft konnte man langsam wieder atmen. Die gelifteten Löwengesichter, die Jankerträger mit viel zu junger Begleitung, die übermäßig Gebräunten mit pastellfarbenem Kaschmirpullover verabschiedeten sich mit überflüssigen Küßchen. Ein junger, blasser Mann mit tätowiertem Hals wuselte durch die Schar der letzten Gäste, er bewegte sich wie ein Wiesel, das eine nasse Wiese durchstreift. Das Wiesel hielt noch schnell bei denjenigen, die besonders wohlhabend wirkten, entdeckte dabei die Gebbers, wurde aber von Bruno abgedrängt, der ihm seinen Ellenbogen in die Rippen stieß. Das Wiesel stöhnte. Das Wiesel war der Künstler. Offensichtlich war er diesmal wieder nicht laut genug gewesen, um erfolgreich zu sein, dachte er resigniert. Er beschloss, sich vor der nächsten Vernissage auch noch das Gesicht tätowieren zu lassen.

Ein Blau wie die Hoffnung grün ist

Die alte Dame im hellblauen Kaftan hatte die Galerie längst verlassen; momentan lief sie mit eiligen Schritten die Cecilienallee entlang – ihr Tempo war erstaunlich, wenn man ihr Alter berücksichtigte. Aber sie war schon immer sportlich gewesen, das zahlte sich jetzt aus.

Sie telefonierte. »Klaus, mein Lieber, wie geht es dir? Gut? Das ist schön. Erinnerst du dich, dass du mir deine Hilfe angeboten hattest, wenn ich sie einmal benötigen würde? Ich habe eben eine Vernissage besucht ... nein, nicht in Gladbach, in Düsseldorf. Ich bin ja öfter mal hier und besuche Kulturveranstaltungen. Oder wenn mir in Gladbach die Decke auf den Kopf fällt. Jedenfalls wollte ich zunächst gar nicht zu dieser Vernissage gehen – ich hatte befürchtet, dass dort ein paar aufdringliche Leute sind, die mich wegen einer Immobilie bedrängen. Aber darum geht es nicht. Es geht um ein

Knäuel, das mir zu schaffen macht. Eine persönliche Sache. Eine Familiensache. Und ich habe einen komplett verrückten Gedanken. Und zwar ...«

Die Hupe eines Autos übertönte ihre nächsten Worte, als sie – ohne nach links und rechts zu schauen – über die Straße lief. » ... wart mal kurz, ich bin gleich in meinem Auto.« Sie ging auf einen kleinen hellblauen Fiat zu, der vor den hochherrschaftlichen Villen am Rheinufer stand.
Sie konnte Klaus vertrauen. Er war ein Profi. Und ein Freund.

Henriette und Klaus

Klaus Kellermann, der pensionierte Kriminalhauptkommissar, der viele Jahre in Düsseldorf gearbeitet hatte, war in seine alte Heimat Mönchengladbach zurückgekehrt und in sein Elternhaus eingezogen. Genau so hatte er es immer geplant. Endlich keine verdächtigen Oberkasselerinnen mehr verhören, keine Golfplatzmorde mehr aufklären, keine Silikonbrüste, aufgespritzte Lippen oder stiletto-beschuhte Leichenfüße mehr sehen müssen.

Er hatte vor, nichts vor zu haben, wollte im Park am Geroweiher herumsitzen, die Enten und die Tauben füttern und Abends ab und zu zwei oder drei herrlich leckere Bolten Ur-Alt in einem der gemütlichen Brauhäuser zu sich nehmen. Und natürlich »seine« Borussia spielen sehen. So ein Leben sei für ihn absolut »minto«, wie er schon in Düsseldorf immer zu seinem Team gesagt hatte. Das bedeutet auf Gladbacher Platt: »meins«. Sein Team hatte damals nur gelacht, denn sie wussten natürlich, dass Kellermann es gar nicht aushalten würde, überhaupt nicht mehr zu ermitteln. Und ehrlich gesagt musste Kellermann nach einigen Wochen in Gladbach selber zugeben, dass die eine oder andere kleine Ermittlung für sein allgemeines Wohlbefinden als Pensionär doch ganz zuträglich sein könnte.

Dann kam Henriettes Anruf. Sie brauchte seine ermittlerische Hilfe in einer verzwickten Sache. Ein persönliches Knäuel, wie sie so schön gesagt hatte. Kellermanns Antennen fuhren sofort wieder hoch, als hätten sie sich zu keiner Zeit im Ruhemodus befunden. Was für ein verrückter Gedanke, den Henriette da hatte! Aber so war sie eben. Sie zog das Haarsträubende geradezu magisch an und stocherte und bohrte dann solange, bis sie auf dem Grund der Dinge angelangt war. Kellermann hatte den Auftrag natürlich angenommen. Es war schön, mal wieder ein wenig zu ermitteln und außerdem klang das Ganze äußerst interessant. Aber er hätte die Sache wohl auch angenommen, wenn sie ihn gebeten hätte, einen Sack Bohnen zu bewachen. Denn schließlich war es Henriette, seine allererste Jugendliebe, die jetzt seine Hilfe benötigte.

Kellermann hatte also herumtelefoniert, in alten Akten gestöbert, bestimmte Melderegister gecheckt und eine ganz bestimmte Krankenkasse kontaktiert. Es hatte ein wenig gedauert, bis er die gewünschten Unterlagen zusammen hatte – schließlich war der Zeitraum, um den es ging, in den

70er Jahren und die Daten wurden damals noch nicht digital erfasst. Aber schließlich hatte er alles zusammen. Dann hatte er noch Vor-Ort-Arbeit geleistet, also einige Stunden beobachtet und Fotos der Beteiligten gemacht. Er fand heraus, dass Henriettes verrückte Idee tatsächlich im Bereich des Möglichen lag – und das allein war schon unglaublich. Es würde weitreichende Konsequenzen für sie haben. Und nicht nur für sie. Kellermann sprach mit einem Labor, das er gut kannte und die sich mit solchen Dingen befassten. Es war möglich, die Sache dort endgültig abzuklären, auch wenn soviel Zeit vergangen war. Er sagte es Henriette, die nicht überrascht war. Sie hatte ihn daraufhin um absolute Diskretion gebeten, die er ihr sogar schriftlich bestätigen musste. Er durfte also mit niemandem darüber reden und ausschließlich ihr von den Ergebnissen der Ermittlung berichten.

Der hellblaue Brief

Erstaunlich, wie der Alltag die wichtigen Dinge des Lebens immer wieder einfach auffrisst; die neue Woche hatte die Begegnung mit der alten Dame in der Galerie in weite Ferne gerückt. Willi war damit beschäftigt, ihren Lebensunterhalt mehr schlecht als recht als Illustratorin zu verdienen, saß tagsüber mit Stiften und Farbe an einem billigen Klapptisch in der Küche und abends mit ihren Büchern in einem alten Sessel und las.

Am Freitag gegen 10.00 Uhr stand der Postbote mit einem Einschreibebrief vor Willis Tür. Sie quittierte den Empfang und betrachtete den Brief ohne jegliche Vorfreude, ihn zu öffnen. Sicher wieder eine Mahnung.

»An Frau Wilhelmina Maassen« stand dort in einer elegant geschwungenen, altmodischen Schrift. Willi ging mit dem Brief in der Hand zurück in die Küche und setzte sich aufs Fensterbrett. Wer schreibt heutzutage noch Briefe? Sie drehte den Umschlag um. Auf der Rückseite stand kein Absender, stattdessen war dort ein mit Bleistift gezeichnetes Knäuel. Die alte Dame? Aber warum sollte sie ihr schreiben? Und woher kannte sie überhaupt ihren Namen? Sie hatte in der Galerie doch nur den Mädchennamen ihrer Mutter erwähnt! Willi öffnete den Brief, ohne das gezeichnete Knäuel zu beschädigen, und las die mit blauem Füllfederhalter geschriebenen Zeilen:

Liebe Frau Maassen,
zuerst möchte ich mich vorstellen; mein Name ist Henriette Lieven. Sie fragen sich sicher, woher ich Ihren Namen und Ihre Anschrift kenne, denn bei der Vernissage sind wir ja leider nicht mehr dazu gekommen, uns vorzustellen. Aber ich habe eben meine geheimen Wege und Helfer. Ich erzähle Ihnen später einmal mehr darüber.
Natürlich fragen Sie sich auch, warum ich Ihnen überhaupt schreibe. Nun, es geht um ein Knäuel, ein ziemlich verworrenes sogar, das mir lange Zeit unlösbar erschien. Dann haben wir beide uns durch einen glücklichen Zufall kennengelernt. Ich glaube, dass Sie die Richtige sind, die mir bei der Entwirrung helfen könnte.

Würden Sie mir die Freude machen und mich besuchen? Dann könnten wir bei einer Tasse Kaffee und einem schönen Stückchen Kuchen einmal in Ruhe darüber sprechen.
Wie wäre es diese Woche Samstag, am 16. Mai, gegen 15.00 Uhr? Passt Ihnen das? Ich würde mich sehr freuen!

Es grüßt Sie von Herzen,
Henriette Lieven

Darunter eine Anschrift und eine Telefonnummer. Willi lächelte. Natürlich würde sie die alte Dame besuchen. Sehr gerne sogar.

Ein grosses Kuchenangebot

Am Samstag Nachmittag machte sich Willi auf den Weg, um Henriette Lieven zu besuchen.

Mönchengladbach, die ihr fremde Stadt, zeigte sich nach der Autobahnausfahrt unerwartet gepflegt. Das Grün der Bäume entlang der Straße und der Vorgärten dominierte, die Einfamilienhäuser waren hübsch. Willi hatte nach dem vernichtenden Urteil der Düsseldorfer etwas anderes erwartet. Deshalb war der erste Eindruck überraschend.
Dann zeigte aber doch die häßliche Seite der Stadt. Eine Einkaufsstraße mit gesichtslosen und heruntergekommenen 70er Jahre-Bauten, Pfandleihhäusern, Nagel- und Tattoostudios, Barbershops sowie unübersehbarem Leerstand. Und

überall Graffiti. An einem Haus hing ein Stoffplakat aus dem Fenster: Rettet die Bäume. Willi fragte sich, welche Bäume wohl gemeint sein könnten; schließlich gab es in dieser Straße gar keine. Fast hätte sie zwei riesige Gründerzeitvillen übersehen, denn sie waren so schäbig verschmutzt, dass man sich kaum vorstellen konnte, wie majestätisch sie einmal ausgesehen haben mussten. In den Villen befanden sich irgendwelche städtischen Einrichtungen. Direkt daneben eine sehr schön sanierte Villa, frisch hellgelb gestrichen. Ziemlich krasse Gegensätze, fand Willi, wie wohl die Bewohner Gladbachs damit umgehen? Vielleicht sind sie ja selber auch so gegensätzlich?

Noch eine andere Farbe fiel sofort auf: ein frisches Frühlingsgrün; das Logo einer schicken Konditorei namens Heinemann, davor eine lange Schlange von Wartenden. Willi beobachtete zwei ältere Damen mit hellblauem Haar, die fröhlich plappernd das Geschäft verließen und gutgefüllte, grüne Papiertüten mit sich trugen.

Willi fragte sich, warum ihre Mutter über die Zeit vor ihrer Ehe, als sie in Mönchengladbach gearbeitet hatte, nie etwas erzählt hatte. Hatte ihr die Stadt nicht gefallen? Das war eigentlich unwahrscheinlich, denn damals war die heute eher schäbige 70er Jahre Architektur schließlich brandneu und ein Zeichen von Modernität und Zeitgeist. Zu dieser Zeit muss die Stadt viel homogener gewesen sein. Angeblich waren ja sogar die Düsseldorfer nach Gladbach gekommen, um hier am Alten Markt vor Günter Netzers Kneipe abzuhängen.

Unvorstellbar. Ob ihre Mutter damals auch abends die Bars besucht hatte? Es waren schließlich die wilden Siebziger.

Sie bog in die Straße ein, in der Henriette Lieven wohnte, eine noble Villengegend mit altem Baumbestand, riesigen Grundstücken und Säulen vor den Eingängen. Eine weitere Seite Gladbachs. Das Haus von Henriette Lieven war ein kleiner Palast, anders konnte man es nicht beschreiben. Für einen Moment fragte sich Willi, warum sie eigentlich diese fremde Frau besuchte. Sie kannten sich ja im Grunde gar nicht. Aber Frau Lieven kam ihr schon vor der Tür strahlend entgegengelaufen und vertrieb jegliche Unsicherheit mit einem herzlichen »Wilhelmina! Wie schön, dass Sie da sind!« Jedenfalls entkrampfte die alte Dame die Begegnung damit auf eine lässige Art und Weise. Die Nähe, die beide Frauen bereits bei der Vernissage zu intimen Worten verleitet hatte, stellte sich sofort wieder ein.

Und wieder war es Henriette Lieven, die mehr erzählte als Willi. Sie erzählte von ihrer Jugend in der Stadt, vom Leben in der wohlhabenden Fabrikantenfamilie Lieven, in der ein strenger Vater und Großvater das Regiment geführt hatten. Als junge Frau war sie vor dieser Strenge in ein Internat in der Schweiz geflüchtet, wo es allerdings nicht minder streng zuging. Und sie erzählte von ihrem Bruder, der erst vor kurzem gestorben war, erst vor wenigen Wochen, Anfang März war das. Es hatte sie sehr getroffen. Er hatte ihr unter anderem ein kleines Häuschen am Geroweiher vererbt. Sie war dabei, es zu verkaufen, weil sie nichts damit anzufangen wusste. Dann kam die Sprache auf die Vernissage und die zufällige

Begegnung. Sie zeigte sich sehr interessiert an Willis Leben, wollte wissen, womit sie ihr Geld verdient, ob sie im Leben zurecht kommt, sie fragte nach ihrer Kindheit, ihrer Mutter und ihrem Vater.

»Um welches Knäuel geht es eigentlich?«

»Das ist das Problem – ich kann es Ihnen noch nicht verraten.«

»Und warum nicht?«

»Es ist noch zu früh. Ungelegte Eier, wenn Sie wissen, was ich meine.«

»Das verstehe ich nicht.«

»Das macht nichts. Ich würde es ebenfalls nicht verstehen. Heute möchte ich Ihnen jedenfalls ein Angebot machen. Haben Sie Lust, in meinem kleinen Häuschen am Geroweiher zu wohnen? Es ist hübsch. Es ist klein. Und es ist aus Stein. Es ist also genauso, wie Sie Ihr kleines Zuhause bei der Vernissage beschrieben haben. Und wie Sie mir gerade erzählt haben, sind Sie sind mit Ihrem Beruf als Illustratorin sowieso nicht örtlich gebunden. Könnten Sie sich vorstellen, in Gladbach zu wohnen?«

»Ich glaube nicht, dass ich mir die Miete für ein ganzes Haus leisten kann. Auch nicht, wenn es sehr klein ist.«

»Ach, Kindchen. Ich persönlich brauche das Haus einfach nicht. Es steht schon seit langer Zeit leer. Ich kann gar nichts damit anfangen! Für mich wäre ein gutes Gefühl, wenn jetzt jemand darin wohnt, der dieses kleine Haus zu schätzen weiß. Das ist viel mehr wert als Geld. Ich stelle es Ihnen also kostenfrei zur Verfügung. Sie helfen mir im Gegenzug das Knäuel aufzulösen. Was halten Sie davon? Ich werde einen Vertrag vorbereiten lassen, der Ihre Wohnsituation in dem Haus regelt. Vereinbaren Sie doch gleich einen Termin bei meinem Notar! Ich gebe Ihnen seine Karte. Es ist Dr. Ludwig Lenz. Wir können uns dann dort treffen.«

Der Antrag

Willi verbrachte einige Stunden bis zum frühen Abend bei Henriette Lieven. Bevor sie sich wieder auf den Weg nach Düsseldorf machte, fuhr sie in der Weiherstraße vorbei, um sich das kleine Haus von außen anzusehen, wenn sie denn sowieso schon einmal hier war. Sie erinnerte sich an Brunos Maklermantra; Lage, Lage, Lage! Und die Lage des kleinen Hauses war ganz fantastisch. Rundherum viel Grün, ein sehr schöner Park mit einem Weiher und altem Baumbestand, dahinter auf einem kleinen Hügel eine gewaltige Kirche, die vor dem blauen Himmel thronte. Ein Postkartenmotiv! Willi war beeindruckt, zumal das Haus nur eines von mehreren hübschen, sehr ähnlichen Häusern aus dunkelroten, gebrannten Ziegeln war. So ein Häuschen war genau nach ihrem Geschmack.

Kurz darauf machte sie sich auf den Weg nach Oberkassel. Sie brauchte dringend jemanden, mit dem sie reden konnte. Warum nicht Bruno? Schließlich ging es ihn auch etwas an, wenn sie so ein Angebot bekam und eventuell sogar umziehen würde. Oberkassel war einer der gehobeneren Stadtteile Düsseldorfs. Natürlich wohnte Bruno hier und nicht woanders. Zumal es hervorragende Restaurants gab. Die Gastroszene war perfekt auf die Oberkasseler Kunden eingestellt; der bekannte

Szene-Italiener hatte hier gleich mehrere Restaurants. Und die Feinschmecker-Brasserie war von Mittag bis Abend Szenetreffpunkt, genau wie das Café Muggel, wo sich blondierte Singlefrauen undefinierbaren Alters genauso wie junge Helikoptermütter mit affektierten Sprößlingen die Zeit vertrieben. Die Oberkasseler befanden sich in ihrem eigenen Universum und waren es gewohnt, rundherum gut bedient werden.

An diesem Abend saß Bruno wie immer am besten Tisch im Angelo's, direkt am Fenster. Willi sah ihn schon von weitem gestikulierend telefonieren. Angelo, der Chef des Restaurants, schaute leicht pikiert, als Willi ihren hellblauen Schirm mit zum Tisch nahm und nicht im Schirmständer abstellte. Aber er akzeptierte es. Die meisten Gäste hatten schließlich irgendwelche Macken und die musste man ihnen lassen, wenn man ein guter Gastronom war.

»War doch richtig, der Lugana? Ich hab schon bestellt.«
»Ja, danke.« Willi setzte sich.
»Was hast du denn auf dem Herzen?«
»Ich war gerade bei der alten Dame, die ich bei der Vernissage kennengelernt hatte.«
»Welche alte Dame?«
»Na, die Dame, mit der ich vor dem kleinen Bild geredet habe. Ich hatte dich doch gefragt, ob du sie kennst.«
»Hm. Kann mich nicht erinnern. Also, warum hast du diese Frau besucht?«
»Sie hat mich eingeladen. Sie hat mir angeboten, in einem kleinen Haus zu wohnen, das sie von ihrem Bruder geerbt hat.

Ein Haus in Mönchengladbach.«

Er lachte. »Mönchengladbach? Was willst du denn da? Willst du etwa wieder auf dem platten Land wohnen?«

»Mönchengladbach ist eine Großstadt, Bruno. Ich habe das Haus gerade angesehen. Es ist ein zauberhaftes, kleines Häuschen, mitten im Grünen und trotzdem zentral.«

»Ich sag dir nur meine Meinung. Darum hast du mich doch gebeten, oder?«

»Ja, natürlich.«

»Warum macht sie dir so ein Angebot?«

»Ich glaube, sie mag mich. Und ich soll ihr bei irgendeinem persönlichen Problem helfen. Dafür darf ich kostenlos dort wohnen.«

»Kostenlos? Nichts im Leben ist kostenlos – there is no free lunch in life. Das solltest du doch eigentlich langsam wissen. Schließlich bist du alt genug. Wie heißt diese Dame denn überhaupt?«

»Henriette Lieven.«

»Lieven? Der Name sagt mir was.«

»Ihre Familie hatte ein Textilunternehmen in Gladbach. Sie selbst wohnt in einer ziemlich großen Villa. Sie hat mir auch schon die Visitenkarte eines Notars gegeben, wo ich den Mietvertrag unterschreiben soll. Ein Dr. Lenz. Kennst du ihn?«

Bruno griff nach der Visitenkarte und schwieg eine Weile. Willi überlegte, ob er vielleicht bedrückt war, weil sie mit dem Gedanken spielte, aus Düsseldorf wegzuziehen. Vielleicht lag ihm ja doch mehr an ihr, als sie dachte. Aber Bruno ließ sich nicht in die Karten schauen. Er machte ein Gesicht, das sich

beim besten Willen nicht deuten ließ. Dann stand er auf.
»Ich muss nochmal telefonieren. Dauert nicht lang.«
Wilhelmina zog die Augenbrauen hoch. Er zwinkerte ihr zu, griff nach seinem Handy und verließ das Restaurant.

Willi, die jetzt froh über den Fensterplatz war, beobachtete Bruno. Zuerst schien er zu flirten. Dann fing er plötzlich an, sich die Haare zu raufen und gestikulierte wild. Das war ein Zeichen dafür, dass er wirklich aufgeregt war. Als ein Spaziergänger in seine Nähe kam, sah es so aus, als würde er sich hinter den Platanen verstecken, damit niemand sein Gespräch mitanhören kann. Als er nach einer ganzen Weile zurückkam, wirkten seine Gesichtszüge verändert.

»Alles in Ordnung?«
»Jaja. Natürlich.«

Seine Stimme klang fahrig. Er sah aus, als ob er auf irgendetwas herumbrütete. Gleich würde er ihr etwas Schlimmes erzählen, vermutete sie. Was war passiert? War jemand gestorben? Sein Vater? Oder hatte er ernsthafte Schwierigkeiten in seiner Firma? Es musste sich um irgend so ein Kaliber von schlechter Nachricht handeln, soviel war klar. Aber es war etwas völlig anderes. Doch es kam genauso überraschend.

»Wilhelmina. Wir sind nun schon drei Jahre zusammen. Es wird Zeit, Entscheidungen zu treffen.«
»Und was genau meinst du?«
»Na, was schon? Denk mal nach.«

»Was möchtest du mir sagen?«
»Wir zwei Hübschen sollten endlich heiraten.«

Willis Löffel fiel herunter und hinterließ auf dem Tischtuch eine dicke Spur von buttriger Sauce.

Kapitel 2

Keine Ahnung

Endlich. Ich hatte es schon aufgegeben, Kind. Wenn das dein Vater noch erleben könnte! Ich habe schon gedacht, dass es gar nicht mehr klappt. Die Bewerber werden mit zunehmendem Alter ja nicht zahlreicher.«
Maria Maassen, Willis Mutter, reagierte erwartungsgemäß, als ihre Tochter sie über Brunos Antrag in Kenntnis setzte.
»Ich werde den Antrag nicht annehmen.«
Das Entsetzen am anderen Ende der Leitung war lautlos, aber unüberhörbar. »Und warum nicht, wenn ich fragen darf?«
»Ich glaube, er meint es nicht ernst. Und er hat irgendwas vor. Jedenfalls etwas anderes, als mich zu heiraten, das spüre ich.«
»Ich glaube nicht, dass jemand wie Bruno über so etwas Witze macht.«
»Kann sein. Vielleicht hast du recht. Ich rufe aber eigentlich aus einem anderen Grund an; ich habe eine sehr nette Dame aus Mönchengladbach kennengelernt. Da hast du doch mal gearbeitet. Sie ist auch ungefähr in deinem Alter. Ich wollte fragen, ob du sie vielleicht kennst.«

Maria Maassens Stimme klang überrascht. »Ach so? Das ist doch ewig her! Ich habe im Grunde auch dort gar niemanden kennengelernt. Wie heißt sie denn?«
»Henriette Lieven. Ihre Eltern hatten eine Textilfabrik.«
Eine Weile war es still. Ihre Mutter schien zu überlegen.

»Nein, kenne ich nicht. Was hast du mit dieser Frau zu tun? Woher kennst du sie?«
»Ich habe sie durch Zufall bei einer Vernissage in Düsseldorf kennengelernt. Sie hat mir ein Angebot gemacht.«
»Was für ein Angebot?«
»Ich soll nach Mönchengladbach umziehen und irgendetwas für sie lösen. Irgendein Problem, ein Rätsel. Ein Knäuel.«
»Du überlegst doch nicht ernsthaft, auf so ein merkwürdiges Angebot einzugehen?«
»Ich könnte dort kostenlos wohnen. Und es wäre eine gute Gelegenheit, mal aus Düsseldorf rauszukommen. Vielleicht kann ich dort besser nachdenken.«
»Nichts im Leben ist kostenlos. Vergiss das nicht!«
»Das habe ich gestern schon einmal gehört.«

Ja, ich will

Bereits drei Tage später, am Mittwoch, saß Wilhelmina im Notariat von Dr. Lenz, das direkt an einer gut gepflegten, quadratischen Parkanlage in Mönchengladbach lag. Sie blätterte in einer Zeitschrift und betrachtete die bunten Bilder, ohne den Text zu lesen. Ihre Gedanken wanderten umher, wie das oft bei den Wartenden in Arztpraxen und Kanzleien der Fall ist. Man sitzt herum und fängt an nachzudenken. Es hatte nicht lange gedauert, bis sie sich entschieden hatte. Sie war Düsseldorf satt. Sie war Oberkassel satt. Und sie war diese ewigen Vernissagen, Parties und Events satt, die sie mit Bruno besuchen musste. Du meine Güte. Das war wohl der unromantischste Antrag, den es jemals auf Erden gegeben hatte. Eigentlich war das der Hauptgrund für ihre Entscheidung. Der Tropfen, der das Fass zum Überlaufen gebracht hatte. Im Grunde konnte es für sie in Gladbach nur besser werden. Jedenfalls würde eine kleine Auszeit von allem gut tun. Außerdem konnte sie sich nicht vorstellen, dass Henriette Lieven ihr irgendetwas Böses wollte. Im Gegenteil. Das Angebot war ein Glücksfall. Eine Chance. So etwas gibt es doch. Wenn es ihr nicht gefiel, würde sie eben wieder nach Düsseldorf umziehen.

Kurz darauf kam eine Notariatsangestellte in den Warteraum.
»Frau Maassen? Wollen Sie mir bitte folgen?«
Sie führte Willi zu einem kleinen Konferenzraum. »Nehmen Sie doch schon Platz. Möchten Sie einen Kaffee oder ein Glas Wasser?«
Willi schüttelte den Kopf.
»Dr. Lenz kommt sofort.«

Als der Notar den Raum betrat, sah er die neue Mandantin vor dem Fenster stehen, in ihrer Hand ein hellblauer Regenschirm. Er nickte kurz zur Begrüßung.
»Frau Maassen? Aber bitte nehmen Sie doch Platz.«
Willi setzte sich und hängte ihren Schirm über die Stuhllehne.
»Es ist natürlich traurig, dass Frau Lieven heute nicht dabei sein kann ...«, sagte Dr. Lenz beiläufig und in ruhigem Ton, während er seine Unterlagen auf dem Tisch ausbreitete und Willis Personalausweis entgegennahm.
Wilhelmina sah ihn überrascht an. »Sie kommt nicht?«

»Frau Lieven liegt im Krankenhaus.«
»Das kann nicht sein. Ich habe sie doch am Samstag noch besucht!«
»Doch, leider, es ist so. Ein schlimmer Unfall.«
»Was ist denn passiert?«
»Sie ist unglücklich gestürzt. Es hat geregnet, die Steine waren glitschig. Und Frau Lieven ist ja nicht mehr die Jüngste.«
»Das tut mir sehr leid.«
»Ja, wir haben es auch gerade erst gehört. Es ist wohl direkt vor der Abteikirche passiert. Das kleine Haus, um das es in unserer Sache geht, liegt direkt darunter.«
»Wie geht es ihr denn? Kann ich sie besuchen?«
»Das wird wohl momentan noch nicht möglich sein.«
»Warum denn nicht? Weil ich keine Familienangehörige bin?«
»Nein. Weil sie im Koma liegt.«

Dr. Lenz, der jegliches Abgleiten in allzu Persönliches in seinem Notariat als unpassend empfand, redete in gleichmäßigem Tonfall weiter. »Es ist jedenfalls so, dass widrige Umstände den Termin heute bezüglich der Immobilie nicht beeinflussen sollen. Sie war am Montag noch sehr lange bei mir. Frau Lieven hat den Mietvertrag und eine dementsprechende Vollmacht bei mir hinterlegt und mein Bürovorsteher wird in ihrem Auftrag unterzeichnen.« Der Notar sah Wilhelmina prüfend an. »Oder wollen Sie abwarten, bis Frau Lieven dabei sein kann?«
»Ich möchte es genauso machen, wie Frau Lieven es wollte.«
Der Notar ging mit Wilhelmina den Mietvertrag Punkt für Punkt durch.

»Haben Sie noch Fragen? Fragen Sie ruhig, wenn noch irgendetwas unklar ist.«
Willi schüttelte den Kopf.
»Gut. Noch etwas; das Haus hat wirklich sehr lange leer gestanden. Es ist also sanierungsbedürftig. Aber lassen Sie sich vom momentanen Zustand nicht abschrecken. Frau Lieven hat natürlich als Vermieterin die Pflicht, Mängel zu beseitigen. Sie hat bereits Handwerker beauftragt, die das eine oder andere noch erledigen werden.«
Er gab ihr die Grundrisse. »Sie können es sich auch gleich ansehen. Es ist ja ganz in der Nähe. Ich gebe Ihnen den Schlüssel mit.«
»Nicht nötig, die Grundrisse reichen mir. Ich habe es mir ja schon von außen angesehen.«
»So?« Dr. Lenz schien verwundert zu sein. »Na gut, wie Sie wollen.« Er hielt einen Kugelschreiber hoch. »Dann möchten Sie jetzt den Vertrag unterschreiben?«
»Ja, ich will. Natürlich will ich!«

Der Notar reichte ihr den Haustürschlüssel, der an einem roten Band befestigt war. »Nicht verlieren, es ist der einzige Schlüssel.«

Färberwaid

Kurze Zeit später stand sie vor dem kleinen Haus. Diesmal sah sie genauer hin. Es war wirklich in keinem guten Zustand. Das war ihr beim Vorbeifahren gar nicht aufgefallen. Die Farbe von Tür und Fensterrahmen blätterte ab, wilder Efeu hatte die Wände erklommen, eine altmodische Gardine baumelte schief in einem Fenster im oberen Stockwerk. Das orange-grüne Blumenmuster des Stoffes stammte sicher noch aus den 70er Jahren. Willi kannte das Muster gut. Ihre Mutter hatte eine Tischdecke, die perfekt dazu passen würde. Sie hasste diese Tischdecke. Und auch die Tatsache, dass 70er Jahre Design angesagt war, änderte daran nichts. Plötzlich hatte sie Skrupel, einzutreten. Sie betrachtete den Schlüssel und ließ ihn am roten Band hin und herbaumeln. Worauf wartete sie? Hatte sie plötzlich Angst vor ihrer eigenen Courage?

Im Nachbarhaus befand sich ein kleines Café. Das Café Färberwaid war in einem deutlich besseren Zustand. Die Fensterrahmen waren in einem schönen Blau gestrichen und die Auslage hübsch dekoriert: ein paar alte, botanische Bücher, ein Korb mit undefinierbaren Kugeln, die aussahen, als bestünden sie aus Erde oder einem ähnlichen biologischen Material. Links und rechts vor der Eingangstür standen blaue Steintöpfe, darin wucherten Grünpflanzen mit lanzettartigen Blättern. Willi sah sich alles an.

»Das ist Färberwaid. Eine alte Färberpflanze, die hier am Niederrhein angebaut wurde. Damit hat man im Mittelalter Wolle und Leinen blau gefärbt.«
Willi erschrak und ließ den Schlüssel in die Jackentasche gleiten.
Ein Typ mit Bart war aus der Tür getreten und stand nun im Eingang des Cafés. Er trug eine blaue Leinenschürze. Wie am

Niederrhein üblich, redete er weiter, obwohl er Willi gar nicht kannte.

»Und das da ...«, er zeigte mit dem Finger auf den Korb mit den Kugeln, » ...das sind Waidballen. Die Blattrosetten vom Färberwaid wurden gewaschen, angewelkt, mit einer Mühle zu Mus zerquetscht, dann zu Kugeln geformt und getrocknet. Die wurden dann auf dem Markt an die Waidhändler verkauft. Nur die reichen Waidhändler konnten sie kaufen und weiterverarbeiten. Die Fenster sind übrigens auch mit diesem Pigment gestrichen ... »

»Ein wunderschönes Blau. Dann ist das hier nicht nur ein Café, sondern ein kleines Museum?«

»Ganz genau.« Er lachte.

»Aber auch der Kaffee schmeckt hier gut. Keine Sorge. Nur frische Bohnen, von mir höchstpersönlich gemahlen und aufgebrüht. Komm doch rein! Es ist gerade kein anderer Gast da. Wir können noch ein bißchen quatschen ... ich kann dir noch einiges erzählen. Du kommst anscheinend nicht von hier, oder?«

»Nein, das stimmt.« Der freundliche Ton und die offene Art gefielen Willi. Nichts sprach dagegen, sich ein wenig von diesem netten Kerl berieseln zu lassen und dabei einen Kaffee zu trinken.

Im kleinen Café standen nur fünf Tische, aber alle Artikel wurden auch »to go« angeboten.

»Ich habe heute frischen Erdbeerkuchen. Natürlich aus der Region. Alles bio!«

Als Willi am Tisch am Fenster Platz genommen hatte, der

hellblaue Regenschirm friedlich über der Stuhllehne baumelte und die Maisonne ihr wärmend ins Gesicht schien, fühlte sie sich sehr wohl. Gleich würde sie hinübergehen und sich das Haus ansehen. Es konnte nicht schaden, schon mal ein wenig über die Stadt zu erfahren, in der sie jetzt leben würde.

Der gelockte Typ, der sich lässig mit » ...ich bin der Tom ... » vorgestellt hatte, erzählte von einer Gruppe ehemaliger Gladbacher Textilstudenten.
»Die haben überall in der Stadt kleine Läden eröffnet, vor allem in der Altstadt, und erzählen Touristen über die Geschichte der Textilherstellung vom Handwerk bis zur Industrialisierung.«
Er hielt einen Moment inne.
»Möchtest du noch mehr wissen oder soll ich dich in Ruhe deinen Kuchen essen lassen? Manchmal rede ich zuviel.«
»Bitte erzähl weiter. Ich möchte soviel wie möglich über die Stadt erfahren.«
Willi stopfte sich ein großes Stück Erdbeerkuchen in den Mund und sah Tom erwartungsvoll an.

»Also, Gladbach ist eine alte Textilstadt, musst du wissen. Anfang des 19. Jahrhunderts haben sich viele große Textilfabriken hier angesiedelt; Flachsspinnereien, Leinen- und Baumwollwebereien, Zulieferberiebe, die zum Beispiel Spulen für Garn herstellten. Ein besonders cooler Ingenieur, sein Name war August Montforts, erfand eine Wahnsinns-Textilmaschine und stellte sie bei der ersten Weltausstellung 1893 in Chicago vor! Ein Gladbacher Ingenieur! Das war schon was.«
»Existieren diese Fabriken auch heute noch?«

»Nein. Viele wurden schon im Krieg zerstört, dann kam für den Rest in den 60ern die große Textilpleite. Die Zeit, als alle mit ihrer Produktion ins Ausland gegangen sind, weil dort billiger produziert werden kann.« Er zündete sich eine Zigarette an.

»Aber das ist Schnee von gestern. Jetzt ist Gladbach angesagt. Viele wollen hier investieren. Der Park ist übrigens auch gerade saniert worden.«
»Der Park ist wirklich schön.«
»Ja. Das war aber viele Jahre nicht so. Der Weiher war früher eine Art traurige Pfütze. Und der Teil des Weihers hier vor der Tür war ein Parkplatz.«
»Aber von dort aus hat man doch den besten Blick auf die wunderschöne Kirche.«
Tom lachte hämisch. »Ja genau. Aber du glaubst doch wohl nicht, dass das einen der 70er Jahre Stadtplaner-Sesselfurzer irgendwie interessiert hätte?«
Sie lachte.
»Diese Kirche ist schon ziemlich beeindruckend.«
»Ja, das war die Kirche der Mönche. Die Abtei gibt es natürlich nicht mehr.«
»Eine Abtei? Wo kann ich denn da mehr erfahren?«
»Mach mal eine Führung mit. Es gibt auch ziemlich gute Bücher im kleinen Antiquariat St. Vith an der Rathausstraße oben am Marktplatz.« Er strich über die blaue Leinenschürze, die er trug und fügte hinzu: »Wie heißt du überhaupt?«
»Wilhelmina Maassen. Aber alle nennen mich Willi.«
»Und was treibst du hier, Willi?«

»Ich habe das kleine Haus nebenan gemietet.«
»So? Aha?« Er sah sie mit unergründlichem Blick an. »Dann werden wir ja Nachbarn. Bist du geräuschempfindlich? Die Glocken vom Münster sind nämlich ganz schön laut. Du kannst sie nicht überhören. Hoffentlich wird dir das nicht zuviel. Manche mögen das nicht.«
»Kein Problem. Ich liebe Kirchenglocken. Besonders den Klang dieser ganz dicken Exemplare, die so klingen, als würde der Ton ganz tief aus der Erde kommen.«

»Das kleine Haus ist übrigens seit langem unbewohnt, wusstest du das? Der Besitzer hat es wohl Jahrzehnte leerstehen lassen. Die Leute quatschen darüber.«
»Jahrzehnte? Dass es so lang war, wusste ich nicht. Ich weiß nur, dass es der Bruder der jetzigen Eigentümerin war, der es leerstehen ließ, warum auch immer. Er ist wohl Anfang März gestorben.«
»Ach so?« Tom sah verwundert aus. »Dann weißt du ja mehr als ich. Das ist ja jetzt fast schon Gladbacher Vertäll.«
»Gladbacher Vertäll?«
»Na, Tratsch eben, aber ein bisschen lockerer. Ein bisschen niederrheinischer. Den wirst du hier noch öfter hören. Der Gladbacher Vertäll ist hier weit verbreitet.«

Willi zog die Augenbrauen zusammen, so dass sich eine kleine Steilfalte auf ihrer Stirn bildete. Sie überlegte, ob die Geschichte des kleinen Hauses etwas mit dem verworrenen Knäuel von Henriette Lieven zu tun haben könnte. Vielleicht hatte sich die alte Dame ebenfalls gefragt, warum ihr Bruder dieses Haus so eigenartig behandelt hatte. Ein Haus über Jahrzehnte leerstehen zu lassen, ist jedenfalls nicht normal. Das wäre auch ein guter Grund dafür, warum sie unbedingt wollte, dass Willi darin wohnt. Vielleicht hoffte sie, Willi könnte als neutrale Person vor Ort mehr herausfinden. Etwas, das sie selber nicht erkennen konnte. Aber war Willi überhaupt eine neutrale Person? Warum hatte Frau Lieven sie für diese Aufgabe ausgewählt?

»Alte Häuser haben eben immer eine Geschichte.«, sagte Tom unvermittelt, als ob er ihre Gedanken erraten hätte und brachte Willi noch einen Espresso. »Übrigens sind die Häuser am Geroweiher noch gar nicht so alt, wie sie auf den ersten Blick aussehen. Sie wurden nach dem Krieg wieder aufgebaut. Auf alten Mauerresten. Manche Keller sind über 200 Jahre alt. Hier im Färberwaid zum Beispiel haben wir ein tonnenförmiges Gewölbe. Die Decke ist so niedrig, dass du gerade drin stehen kannst. Ist jetzt ein cooler Weinkeller. Meine Vermieter haben ins Färberwaid viel Geld investiert.«
»Deine Vermieter? Ich dachte schon, das Färberwaid gehört dir.«
»Nein, wo denkst du hin. Soviel verdiene ich hier nun auch wieder nicht. Es gehört den Gebbers. Die haben hier so einige Häuser rund um den Abteiberg gekauft, vor allem am Geropark. Lohnt sich eben, jetzt hier zu investieren.«
»Gebber sagst du?«
»Ja, Gerd und Gundula Gebber. Er ist Bauunternehmer. Ziemlich reich.«
»Bauunternehmer? Die Gebbers kenne ich!«

»Ist nicht wahr. Woher denn? Ich dachte, du bist zum ersten Mal hier.«
»Ja, das stimmt auch. Ich kenne sie aus Düsseldorf. Wir haben uns in einer Galerie bei einer Vernissage kennengelernt. Vor etwa zwei Wochen.«
»Vernissage in Düsseldorf? Ja, das passt zu denen. Die Gebber ist ganz scharf auf Kunst.«

Willi sah auf die Uhr, die an der Wand hing.
»Schon so spät? Ich muss los. War echt nett, mit dir zu reden. Aber ich glaube, ich sollte mir jetzt das Haus ansehen. Ich komme bald wieder, das verspreche ich. Und nicht nur wegen deinem Erdbeerkuchen.«
»Du willst schon gehen? Warte mal kurz.« Tom ging nach hinten, an der Garderobe vorbei, in seine Küche. Als er nach ein paar Minuten immer noch nicht zurück war, stand Willi auf und holte ihre Jacke von der Garderobe. Dann ging sie zur Tür und wartete dort. Schließlich erschien Tom mit einer Visitenkarte in der Hand.
»Für den Fall, dass du mal Hilfe oder Gesellschaft brauchst. Du kannst mich jederzeit anrufen.«
»Danke, das ist nett von dir.«

Als Willi vor der Tür ihres kleinen Hauses stand, musste sie feststellen, dass der Schlüssel, der eigentlich in ihrer Jackentasche hätte sein müssen, nicht aufzufinden war. Hatte sie den etwa verloren? Sie kramte in ihrer Handtasche herum, die wie immer zu groß war, um die Dinge allein durch Tasten zu identifizieren, beförderte ein Teil nach dem anderen ans Tageslicht und legte alles nebeneinander auf die Stufe vor der Haustür. Ein zerfleddertes Portemonnaie, ihr eigener Schlüsselbund, Taschentücher, Handy, ein Notizbuch, drei Kugelschreiber, ein blauer Wollschal, ein naturfarbener Lippenstift, eine bereits ältere, eingetrocknete Handcreme sowie die Visitenkarte vom Färberwaid. Der typische Inhalt einer Damentasche. Willi schüttelte den Rest auf dem Boden aus. Wollflusen und einige Büroklammern flogen durch die Luft. Aber wo war der Schlüssel? Der Schlüssel am roten Band, den sie vom Notar mit der Info » ...und seien Sie vorsichtig damit, es gibt nur diesen einen ...« ausgehändigt bekommen hatte?

»Suchst du vielleicht den?« Tom stand plötzlich hinter ihr und hielt einen Schlüssel hoch, der an einem roten Band hing.
»Meine Güte, ja genau. Wo hast du den gefunden?«
»Er lag auf dem Tisch. Du bist ziemlich vergesslich.«

Auf dem Tisch? Das war merkwürdig. Sie hatte ihn doch in die Jackentasche gesteckt, bevor sie ins Färberwaid gegangen war. Die Jacke hatte bis eben an der Garderobe gehangen. Und der Tisch ist leer gewesen, als sie aufgestanden war. Da war sie ganz sicher. Sie sah Tom mit zusammengezogenen Augenbrauen nach und steckte den Schlüssel ins Schloss der Haustür.

Die Haustür schabte über die Fliesen am Eingang. Ein muffiger Geruch schlug ihr entgegen. Kein Wunder, schließlich hatte das Haus über Jahrzehnte leer gestanden und es war schon ziemlich in die Jahre gekommen.
Willi öffnete die Fenster, um frische Luft hereinzulassen. Sie sah sich um. Die Grundfläche wirkte noch kleiner als sie auf dem Grundriss zu sein schien. In einer Ecke befand sich eine winzige Küchenzeile in orange, die scheinbar in den 70er Jahren eingebaut worden war. Die Kühlschranktür stand offen, darauf klebten Pril-Blumen und »Atomkraft – nein danke« – Aufkleber. Gegenüberliegend befand sich ein kleines Bad mit olivfarbenen Fliesen. Hübsch scheußlich, dachte Willi. Sie drehte den Wasserhahn auf. Eine rötliche Brühe rann ins Waschbecken.

Der Fußboden der gesamten Etage war mit einem in die Jahre gekommenen Velourteppich belegt. Sie hob ihn an einer Ecke an. Darunter befand sich ein alter Holzfußboden, der dringend abgeschliffen werden musste. Dann suchte sie nach einer Tür zum Keller. Keine zu entdecken. Die einzige Innentür im Haus war die zum Bad. Willi war enttäuscht. So ein historischer Gewölbekeller wie im Färberwaid hätte ihr gefallen. Eine kleine Holztreppe führte in die obere Etage, in der wohl einmal das Schlafzimmer gewesen war. Vor dem Fenster hing die Gardine mit dem Blumenmuster, die Willi schon von draußen gesehen hatte. Auf dem Boden lag eine alte, vergilbte Gladbacher Tageszeitung. Willi hob sie hoch und blätterte darin herum. Die Ausgabe der Rheinischen Post war vom 11. Oktober 1978! Stand das Haus etwa schon so lange leer?

An der Decke entdeckte Willi eine Luke mit einer Klappe, die offenbar zum Dachboden führte. Eine lange Stange mit einem Metallhaken, die an der Wand lehnte, war wohl dazu gedacht, die Klappe herunterzuziehen. Sie zog kräftig. Vielleicht ein wenig zu beherzt, denn im selben Moment knarrte das Holz gewaltig, die Klappe schlug auf und eine zweigeteilte Leitertreppe schoss nach unten auf Willis Kopf zu.
Sie wich aus, jede Menge Spinnweben segelten herunter und eine fiese Staubwolke wehte in ihr Gesicht. Sie hustete. Das hätte ganz schön schief gehen können! Sie klopfte den Staub von ihren Klamotten, schüttelte sich und stieg auf die schmalen Holzstufen, gerade so hoch, dass sie mit dem Kopf in den Dachboden ragte und hineinsehen konnte.

Es war dunkel. Und obwohl draußen die Frühlingssonne nach besten Kräften schien, drang nur ein fahler Lichtstrahl durch ein winziges, rundes Fenster in den Raum und beleuchtete einen großen Koffer, der in der Mitte des Raumes stand. Sie stieg die Leiter ganz hoch, schob den Koffer an die Luke und ließ ihn nach unten fallen, wo er auf den Boden krachte und aufsprang. Schürzen, Kittel, Handtücher, Waschlappen, Bettwäsche, ein paar Utensilien für die Morgentoilette. Vielleicht konnte man noch einiges davon gebrauchen. Sie ließ den Koffer in der 1. Etage stehen und ging wieder nach unten, wo sie sich die Terrasse ansah; ein kleines, mit kargen Betonsteinen belegtes Stückchen Erde, außenherum eingewachsen von einer alten Linde und vielen Sträuchern, Gräsern und Wildblumen. Draußen im Tageslicht fiel ihr auf, wie schmutzig sie war, verstaubt von diesem alten Haus, das dringend eine Aufmöbelung benötigte. Realistisch betrachtet war es der richtige Zeitpunkt, zurückzuschrecken, zuviel war alt und man konnte nicht wissen, was Henriette Lieven als Vermieterin überhaupt sanieren würde. Aber es war Liebe auf den ersten Blick. Und für eine realistische Betrachtung viel zu spät.

Willi schloß die Tür ab, stieg die Stufen zur alten Kirche hinauf und dachte dabei an Henriette Lieven, die im Krankenhaus lag. Ein Sturz. Direkt neben der alten Kirche, hatte Dr. Lenz gesagt. Es hatte geregnet, die Steine waren glitschig, die alte Dame war gefallen, sie hatte sich verletzt. Was würde Willi dort oben erwarten?

Oben angekommen, fühlte sie sich erstmal nur sehr klein. Die Kirche war gewaltig. Und sie lenkte Willi von ihren Gedanken ab. »Basilica Minor« stand hoch über dem Eingang zum Westwerk – ein Ehrentitel, den der Pabst Kirchen mit besonderer Bedeutung verleiht, das hatte Willi einmal irgendwo gelesen und sie hatte es sich gemerkt. Sie war beeindruckt. Kein Wunder. Sie liebte Kirchen, seit sie ein kleines Mädchen war. Sie liebte die einzigartige Akustik, die den Klang den eigenen Stimme so seltsam verfremdet. Sie liebte die hohen Gebäude aus Stein, die mal puristisch schlicht, mal barock überladen daherkommen. Die Gebäude waren schließlich nicht Schuld an der Misere der Institution. Sie existierten ganz für sich allein. Sie bestanden aus fantastischen Steinen und aus buntem

Glas, an denen Generationen von Handwerkern gearbeitet hatten. In den Türmen hingen altehrwürdige Glocken aus gegossener Bronze, die in der Lage waren, ihre Töne weit über das Land zu tragen und einen auch in einiger Entfernung erschauern zu lassen. Es war einfach unmöglich, davon nicht irgendwie beeindruckt zu sein, so oder so.

Willi versuchte, die Tür zum Gladbacher Münster zu öffnen, aber sie war verschlossen, wie es bezeichnenderweise oft bei Gotteshäusern der Fall ist. So blieb sie draußen, ging wieder zurück zur Mauer, die an die Stufen grenzte, die sie eben hochgestiegen war. Von hier aus hatte man einen tollen Blick über Gladbach, man sah den Park, die alte Stadtmauer, den Weiher, die Häuser aus roten Steinen. Und man konnte direkt auf die Terrasse des kleinen Hauses sehen. Von hier oben sah alles noch winziger aus.

Sie drehte sich wieder zur Kirche um und betrachtete nachdenklich das alte Kopfsteinpflaster. Hier musste es passiert sein. Die Pflastersteine waren ziemlich uneben, es war also ganz leicht möglich, dass man stolperte und sich dabei verletzte. Erst recht bei Nieselregen. Oder war Frau Lieven mit dem Kopf auf die Mauer gefallen? Das war gut möglich.

Eine knappe Stunde später war Willi wieder in Düsseldorf und fing sofort an, den Umzug zu planen. Das war der Vorteil, wenn man nicht soviele Dinge besaß; ein Umzug gestaltete sich nicht allzu aufwendig. Am späten Abend waren alle Kartons gepackt. In der Nacht schlief sie schlecht. Sie träumte, dass Henriette

Lieven gestorben wäre. Tom, dem beeindruckende Hörner aus dem Kopf ragten, hielt ihr einen Schlüssel hin, der an einem roten Faden baumelte und lachte diabolisch. Sie wachte schweißgebadet gegen 3 Uhr auf.

Zur selben Zeit befanden sich die meisten Gladbacher ebenfalls in ihren Betten. Sie schliefen tief und fest und träumten von den schönen Dingen des Lebens; von Brauhäusern, Sommer- und Winterbrauchtum, Kegelbahnen und anderen niederrheinischen Freuden wie Kopfweiden, gemächlichen Bachläufen und alten Mühlen, in denen man lecker essen konnte. Denn Essen und Trinken spielen hier am Niederrhein ein große Rolle.
Die Enten und Kanadagänse, die tagsüber im Geroweiher geschwommen waren, hatten die Köpfe ins Gefieder gesteckt und schliefen traumlos am Uferrand. Die Dohlen, sie sich vorhin beim Sonnenuntergang zum lauten Abendpalaver getroffen hatten, waren jetzt gemeinsam in der Krone einer mächtigen Kastanie ganz still. Der Mond schien auf das Gladbacher Münster, das sowieso schon durch Strahler beleuchtet war. Es leuchtete golden.

Aber noch ein anderes Licht hätte man sehen können. Doch alle, die es hätten bemerken können, schliefen. Der Schein einer Taschenlampe bewegte sich zitternd hinter den Fenstern des kleinen Hauses. Nichts war zu hören. Nach etwa 10 Minuten erlosch das Licht wieder. Hinter den Fenstern wurde es dunkel. Die Tür war nicht aufgebrochen worden. Der Einbrecher hatte einen Schlüssel benutzt.

Telefonat mit Dr. Lenz

»...waaaas? Sie war gestern schon bei dir? Verdammt nochmal! Ich hatte dich doch ausdrücklich darum gebeten, mir sofort Bescheid zu sagen, falls sie sich meldet ... wie, das ist nicht seriös? Ich darf dich daran erinnern, dass ich so einiges über dich weiß, das nicht viel mit Seriosität zu tun hat ... jaja, schon gut, schon gut ... trotzdem, du schuldest mir was, Ludwig. Schick mir mal den Vertrag rüber ... ist natürlich ziemlich blöd für meine Mandanten, dass da jetzt eine Mieterin drinsitzt ... nein, meine Kunden wollen unbedingt dieses eine Haus kaufen. Wenn deine Mandantin nicht durch Zufall meine Freundin kennengelernt hätte, wäre der Kaufvertrag schon längst in trocknen Tüchern ... diese Lieven ist im Krankenhaus? Hm. Das macht die Sache noch komplizierter, Ludwig.«

Henriettes Fall

Klaus Kellermann glaubte nicht an einen Unfall. Er vermutete einen gezielten Anschlag, der entweder etwas mit Henriettes Familiengeschichte zu tun hatte oder mit ihren sonstigen waghalsigen Aktivitäten. Sie war einfach zu direkt. Sie sagte immer genau, was sie gerade dachte, genau wie er. Damit macht man sich im Allgemeinen keine Freunde. Schon gar nicht jetzt, wo es in Gladbach brodelte und alle hochnervös auf das Thema Bauboom oder Grundstücksspekulation reagierten. Kein Wunder, wenn es da mal kräftig im Karton schepperte. Oder in der Kiste rappelte. Wie auch immer; das

Ganze war eben unübersichtlich geworden. Und wenn etwas unübersichtlich wird, mischen sich gerne mal Dinge darunter, die im Verborgenen gehalten werden.

Hatte Henriette genau so eine Sache aufgedeckt? Sehr gut vorstellbar. Eine überaus widerspenstige Dame, die sich nicht abwimmeln ließ. Die wollte immer alles ganz genau wissen. Und das in ihrem Alter! Es war überhaupt nicht abwegig, dass eine solche Recherche mit einem Anschlag auf sie hatte enden können. Hatte sie nicht gesagt, dass irgendwas mit der Sanierung des Geroparks nicht in Ordnung war? Sie hatte die alte Fabrik ihres Großvaters erwähnt. Henriette war eben immer auf der Spur von irgendwas. Genau wie er selber.

»Ein tolles Weib ...«, sagte Kellermann laut zu sich selbst, während er auf sein Fahrrad stieg und Richtung Krankenhaus davonradelte, um Henriette Lieven zu besuchen. Eine Passantin drehte sich um, aber Klaus Kellermann war schon mit wehendem Schal hinter der nächsten Ecke verschwunden.

»Geh ruhig rein, vielleicht hilft es euch beiden.«
Schwester Andrea lächelte ihm auf dem Gang zu und verschwand mit einem Stapel frischer Handtücher in einem anderen Krankenzimmer. Kellermann trat ein und schloß die Tür hinter sich. Da lag sie, seine Henriette. Ihre Haut war so durchscheinend wie Wachs. Ihm fiel auf, wie zerbrechlich sie auf einmal wirkte. Die Maschine neben dem Bett, die gleichmäßige Geräusche von sich gab, erinnerte ihn daran, dass er sich in einem Krankenzimmer befand. Er setzte sich

auf den für ihn bereitgestellten Stuhl neben dem Bett und streichelte vorsichtig über ihren Handrücken, in dem eine Kanüle steckte.

Er sah sie lange an. Es war wirklich absurd zu glauben, dass jemand wie Henriette einfach gestürzt war, auch wenn sie vielleicht alt an Jahren war. Sie kannte dort oben jeden Stein. Sie hatte dort schon als Kind gespielt. Und sie trug auch jetzt in ihrem hohen Alter immer noch am liebsten Sneaker, sie war sportlich, sie war schlank und gelenkig, sie rutschte nicht einfach auf irgendwelchen Steinen aus, selbst nicht, wenn sie nieselglatt waren. Jemand musste sie gestoßen haben.

Er hatte seinen alten Freund Jupp um Hilfe gebeten. Praktisch, so ein Netzwerk aus Helfern aus den verschiedensten Bereichen. Jupp war Rentner und wie Kellermann Mitglied in einem sehr kleinen Verein für Naturschutz, der sich »Wildes Westend« nannte. Der Verein setzte sich für die naturnahe Gestaltung von Gärten ein und betrieb das sogenannte »Wilde Gärtnern«. Der Modebegriff »Guerilla Gardening« war von den Mitgliedern des Vereins einstimmig als vollkommen daneben und total albern befunden worden. Alle fanden die deutsche Bezeichnung viel passender für solche Aktivitäten – zumal man sich in einer bodenständigen Stadt am Niederrhein befand. Die Tätigkeit an sich war natürlich trotzdem absolut dieselbe; man setzte heimlich Pflanzen in öde Straßenmittelstreifen, entfernte den Wohlstandsmüll und manchmal auch geschmacklose Zwerge aus hässlichen Vorgärten.

Jupp Jessen hätte Kellermann beinahe jeden Gefallen getan, denn er hatte ihm einmal in einer brenzlichen Geschichte den Hintern gerettet. Trotzdem – er glaubte nicht daran, dass irgendjemand im Krankenhaus auftauchen würde, der Henriette gefährlich werden könnte. Es war ein trauriger Unfall, mehr nicht. Unebene Steine vor dem Münster, Nieselregen, der sie glitschig werden lässt, eine alte Dame, die stürzt. Alles ganz normal. Wie auch immer, er nahm selbstverständlich den Auftrag an, auf Henriette Lieven aufzupassen. Er würde viel Zeit haben, alte Zeitungen zu lesen, wenn er vor ihrem Krankenzimmer saß.

Kellermanns Keller

Das Haus im Westend, das ganz nah am Geropark war, hatte Kellermann von seinen Eltern geerbt. Es war nicht besonders groß, aber für ihn groß genug. Die Möbel seiner Eltern hatte er komplett entsorgt – er mochte es eher schlicht und jegliche Deko war ihm ein Greuel. Mit vollgestopften Antiquitäten konnte er überhaupt nichts anfangen. Er war zu oft in irgendwelchen Düsseldorfer Wohnungen gewesen, wo Tote zwischen Plüschdeckchen, Porzellannippes und Perserteppichen herumlagen. Das wollte er in seinem eigenen Umfeld unbedingt vermeiden. Wenige Möbel, hell, freundlich und aufgeräumt, so mochte er es. Die kleine Dachwohnung, in der er selber als Teenager gewohnt hatte, hatte er nun an einen netten Typen vermietet, der das Café Färberwaid am Geroweiher betrieb.

Kellermanns Keller war ebenfalls ausgesprochen hell und freundlich, natürlich auch, weil es eigentlich eine Souterrain-Etage war; sie hatte große Fenster und eine Tür führte direkt in den Garten. Sein Garten war ordentlich, aber nicht penibel, er fand, man müsse der Natur schon ein wenig ihren Lauf lassen. Deshalb war er auch den Jungs vom »Wilden Westend« beigetreten, die alle über 60 waren und den jungen Kerlen noch ordentlich etwas vormachten in punkto Umweltschutz. Das gefiel ihm.

Kellermann pinnte das Foto von Henriette, das er bei ihrem ersten Wiedersehen vor der neuen Markthalle gemacht hatte, in die Mitte der noch leeren Ermittlungswand. Es war ein Anfang. Henriette trug einen sommerlichen Hut, hielt einen Einkaufskorb mit Gemüse vom Stand des Biobauernhofes in der Hand und strahlte ihn an. Neben Henriette heftete er dann das Foto von Leonard. Henriettes Bruder, der erst vor einigen Wochen verstorben war. Es war ein Sturz vom Balkon. Noch ein Sturz, dachte Kellermann. Auf dem Foto sah man einen jungen Mann um die 30, sehr attraktiv, mit einem sympathischen Lächeln und strahlenden Augen.

Kellermann zeichnete eine rote Linie zwischen die beiden Fotos. Rot bedeutete Familie. Der Anfang einer Ermittlungswand ist immer einfach, dachte Kellermann, konfus wird es üblicherweise erst später, wenn man sich in den Verwicklungen und möglichen Motiven der Personen verheddert. Diesmal wollte er besonders aufpassen, dass das nicht passiert. Schließlich ging es um Henriette.

Das Foto von Maria Maassen, geborene Mangold, das er neulich mit dem Handy aus dem Auto heraus gemacht hatte, heftete er ebenfalls an die Wand. Darunter pinnte er das Foto von Wilhelmina und malte mit Kreide ein Fragezeichen.

Kapitel 3

Brunos Begehren

Bruno parkte seinen Porsche mitten auf dem Gehweg vor dem kleinen Haus. Schon ärgerlich, dass Willi nicht auf seine Anrufe und Nachrichten geantwortet hatte. Als er nun vor dem unsanierten Haus stand, brachte ihn der Anblick fast zum Lachen. Keinen Cent wert, die Bruchbude. Was zur Hölle war dran an diesem lächerlichen, kleinen Haus? Warum waren seine Kunden so scharf darauf? Gab es interessante Baupläne? Es musste mehr dahinter stecken, als man sehen konnte. Und er würde herausfinden, was das war.

Die Klingel schien nicht zu funktionieren. Er rief Willi auf dem Handy an. »Mach bitte mal auf. Ich stehe vor deiner Tür.«
Kurzes Schweigen. »Ich komme runter, warte.«
Sie trug eine Arbeitshose und ein Kopftuch und war voller Staub, als sie die Tür öffnete. Ein Zustand, in dem sie sich noch öfter während der Sanierungsarbeiten befinden sollte.
»Komm rein.«

Im Erdgeschoß lagen Berge von alten Tapetenresten.
»Das ist ja ein totales Chaos. Hat dir deine angeblich so spendable Gönnerin eine unsanierte Bude angedreht?«
»Ist eben ein bisschen was zu tun.«
Er folgte ihr nach oben. »Was ist denn das für ein furchtbarer Sessel? Sieht aus wie vom Sperrmüll.«

»Das ist er auch. Ich habe ja noch keine richtigen Möbel und brauchte schnell etwas zum Sitzen. Die Nachbarn hatten gerade Sperrmüll rausgestellt und ich habe ihn einfach mitgenommen. Ich finde ihn sehr schön. Setz dich doch, er ist bequem und sauber.«

Bruno setzte sich widerwillig und versuchte, möglichst wenig vom Polsterstoff zu berühren. Willi setzte sich im Schneidersitz auf den Boden.
»Du willst also tatsächlich hier einziehen?«
»Ich bin schon eingezogen.«
»Und mein Antrag? Bedeutet der dir gar nichts?«
»Wenn er ehrlich gemeint gewesen wäre, schon. Ich glaube aber, dass du mich gar nicht wirklich heiraten willst. Du wolltest vorher noch nicht einmal mit mir zusammenziehen. Woher also der plötzliche Sinneswandel? Hat der Antrag etwas mit dem Telefonat vor dem Angelo`s zu tun?«

Er zog die Augenbrauen hoch, stand auf, ging zum Fenster und sah hinaus. Verdammt, diese Kombinationsgabe hätte er ihr gar nicht zugetraut. Er musste seine Strategie ändern. Er lächelte jungenhaft.
»Gut. Ich bin aufgeflogen.«
»Was meinst du damit?«
»Dass du recht hast. Der Antrag war ein Ablenkungsmanöver. Ich wollte dich in Düsseldorf halten. Bei mir. Ich wollte dir nur etwas Gutes tun.«
»Und darüber soll ich mich jetzt freuen, oder was?«
»Du könntest mir schon ein bißchen dankbar sein. Ich meine,

weil ich mir Sorgen um dich gemacht habe.«

»Und wann hättest du mir erzählt, dass du eigentlich doch gar nicht heiraten willst? Wenn ich das Brautkleid gefunden hätte? Oder vielleicht auf dem Standesamt?«

»Jetzt mach doch nicht so ein Theater.«

»Das ist wirklich schäbig, Bruno.«

»Das ändert doch zwischen uns gar nichts.«

»Das glaubst du wirklich, oder?«

»Ich bin nicht gekommen, um zu streiten. Ich bin gekommen, um dir ein Wahnsinnsangebot zu machen. Ich habe eine Wohnung für dich gefunden. In Düsseldorf, Niederkassel. Schnuckelig saniert, kleiner Kaminofen, beste Lage, direkter Rheinblick, ganz in der Nähe von meiner Wohnung. Du hättest die Rheinwiesen vor der Haustür. So eine wolltest du doch immer haben. Du musst nur zugreifen. Allerdings brauche ich deine Entscheidung schnellstmöglich, denn es gibt noch andere Bewerber. Du kannst gleich mitkommen und sie dir ansehen.«

»Und was soll denn diese tolle Wohnung so kosten? Doch bestimmt ein Vermögen?«

»Nichts. Sie ist kostenlos. Genau wie diese Bruchbude hier. Jedenfalls für ein Jahr. Dann sehen wir weiter.«

»Umsonst? Sagtest du nicht, dass nichts im Leben umsonst ist? Warum ist sie denn umsonst?«

»Ich zahle sie dir.«

Willi zögerte einen Moment.

»Was soll das heißen? Warum solltest du das tun?«

»Jetzt sei nicht dumm. Ich zahl sie dir und fertig. Wir machen einen Vetrag, dann hast du die Sicherheit, dass ich es mir nicht irgendwann anders überlege.«

Einen Moment lang zögerte sie.
»Ich wäre dann total von dir abhängig.«
»So ein Quatsch. Vertrag ist Vertrag. Außerdem bin ich dein Freund.«
»Trotzdem.«
»Aber dass du jetzt von einer völlig Fremden genauso abhängig bist, stört dich nicht?«

Verdammt, da hatte er recht. Aber sie sagte nichts.
Er pustete eine Staubschicht von ihrer Schulter.
»Ich werde versuchen, eine kleine Bedenkzeit herauszukitzeln. Aber hör auf mit diesen lächerlichen Arbeiten. Du machst dich nur schmutzig. Hier ist mehr zu tun als ein bisschen Tapetenwechsel, das müsste selbst dir klar sein.«

»Frau Lieven wird noch einige Arbeiten machen lassen.«
»Ja, aber sie wird garantiert keine Kernsanierung für dich starten, oder? Und die müsste man schon durchführen, um aus dieser Bruchbude ein hübsches Häuschen zu zaubern. Was meinst du, was es kostet, den alten Dachboden zu isolieren? Das Dach zu erneuern? Die Fenster? Die Heizung? Was meinst du, warum das Ding schon so lange leersteht?«
»Das werde ich schon noch herausfinden.«
Er überhörte den Trotz in ihrer Stimme.
»Weil keiner in so eine Bruchbude einziehen will. Oder er muss schon verdammt vernebelt sein. Naja, bei dem Staub hier

kein Wunder ...«

»Es reicht, Bruno.«

Bruno hielt gespielt beschwichtigend die Hände hoch. »Schon gut, schon gut. Ich schick dir gleich mal das Exposé. Dann kannst du dir mein Sahnestückchen schon mal ganz in Ruhe ansehen.«

»Ja, mach das.«

Bruno verließ das Haus. Kurze Zeit später hörte sie das Aufheulen des Motors seines Porsches.

Er hatte wirklich nicht ganz unrecht. Das musste Willi zugeben. Sie wartete auf das Exposé in ihren Mails und sah sich seufzend die Fotos an. Die Wohnung war wirklich toll, er hatte kein bisschen übertrieben. Und erst der Blick auf den Rhein ...

Bruno fuhr auf die Autobahn Richtung Düsseldorf. Er telefonierte. »Beruhig dich. Ich habe alles im Griff – du kennst mich doch! Ich habe ihr eben eure kleine Penthousewohnung angeboten ... du hattest ja gesagt, dass ich sie eh als erste Vermittlungsprovision bekomme, also warum sie nicht jetzt schon einsetzen, wo sie uns nützen kann? Natürlich wird sie es tun. Ich bitte dich! Sie ist ja nicht blöd. Sie soll von mir aus ruhig ein Jahr mietfrei darin wohnen ... ihr krallt euch in der Zwischenzeit wie geplant das Haus am Geroweiher und könnt damit machen, was ihr wollt ... und nach diesem Jahr vermiete ich das kleine Penthouse an jemanden, der eine anständige Miete zahlt. Also, dann ist alles klar. Wann unterschreibt ihr den Maklervertrag über den Verkauf eurer Immobilien in Düsseldorf? Morgen? Ja, das passt mir. Was habt ihr eigentlich mit der alten Bude vor? Jaja, schon gut, geht mich ja auch nichts an ... ach noch was. Die alte Lieven ist im Krankenhaus. Das wusstest du schon? Ok, ok. Ich wollte es nur gesagt haben.«

Genügend Wildvogelfutter

Noch eine ganze Zeitlang saß Willi in ihrem Sessel vom Sperrmüll und betrachtete die Fotos der schicken, sanierten Penthousewohnung in Düsseldorf. Ja, so eine hatte sie immer haben wollen. Bruno war ja auch eigentlich im Grunde gar kein so schlechter Kerl und sein Angebot sogar ziemlich großzügig. Vielleicht lag ihm doch mehr an ihr, als sie gedacht hatte. Bei aller Träumerei und Begeisterung für das kleine Haus war doch ein wenig Realitätssinn durchaus angebracht.

In diesem Moment klingelte ihr Handy.
»Frau Maassen? Klaus Kellermann hier. Ich bin ein Freund von Henriette. Wir sollten uns treffen. Am besten sofort.«
»Ja, aber ...«
»In einer Stunde auf der großen Bank im Geropark vor dem Weiher? Die steht direkt vor Ihrem Haus.«
»Ich weiß nicht, ich kenne Sie doch gar nicht.«
»Und bringen Sie unbedingt Wildvogelfutter mit. Brot vertragen sie nämlich nicht. Das quillt im Magen auf. Bis gleich also. Ich warte auf Sie.«

Eine Stunde später verließ Wilhelmina das kleine Haus und ging in den gegenüber liegenden Park, um einen Mann zu treffen, den sie gar nicht kannte und der auf einer Bank vor dem Weiher saß. Er war ungefähr so alt wie Henriette Lieven und trug einen Trenchcoat und eine Baskenmütze. Im Grunde fehlte nur das Baguette, und man hätte ihn für einen gealterten französischen Beau halten können, der abends mit einem Pastis vor einem Bistro sitzt. Aber Klaus Kellermann war durchaus nicht so jemand. Im Moment schüttete er gerade einen kleinen Plastikbeutel zu seinen Füßen aus. Eine Schar von Tauben stürzte sich auf den Inhalt.

» ...aaah, Frau Maassen, da sind Sie ja. Schön, dass es geklappt hat.«
»Warum wollten Sie mich treffen? Und warum unbedingt hier? Wir hätten doch auch genauso gut unser Telefongespräch weiterführen können.«
»Eine liebgewonnene Vorsichtsmaßnahme. Niemand kann mit Sicherheit sagen, ob sein Telefon nicht überwacht wird. Wenn allerdings jemand auf einer Parkbank sitzt und Tauben füttert, wird er von anderen nicht weiter beachtet. Deshalb finden viele hochbrisante Gespräche auf Parkbänken statt. Das ist eine Tatsache, erst recht im Zeitalter der digitalen Überwachung. Auf jedem Foto wären wir nur zwei unauffällige Spaziergänger.«
»Hochbrisant? Welches hochbrisante Gespräch wollen Sie denn mit mir führen? Worum geht es überhaupt?«
»Nun, alles zu seiner Zeit. Setzen Sie sich. Und schauen Sie sich den Weiher an. Er ist schön geworden, nicht wahr?«

»Ja, er ist schön. Ich würde trotzdem gern wissen, warum Sie mich sprechen wollten.«
»Natürlich. Waren Sie schon im Café Färberwaid?«
»Ja, das ist auch schön. Ich habe das Gefühl, dass Sie mir ausweichen.«
»Da haben Sie vollkommen recht! Haben Sie den Erdbeerkuchen probiert? Er schmeckt sehr gut.«
»Ich weiß, Herr Kellermann. Also, warum wollten Sie mich sprechen? Und wie geht es Frau Lieven?«

Kellermann lächelte. »Sehr gut. Sie sind direkt und lassen sich nicht einwickeln, das mag ich. Damit kann ich etwas anfangen. Hier also meine Frage: Werden Sie im kleinen Haus einziehen? Oder gehen Sie wieder zurück nach Düsseldorf? Natürlich weiß ich, dass mich Ihre Pläne eigentlich überhaupt nichts angehen. Aber vielleicht sagen Sie es mir ja trotzdem. Weil ich ein guter Freund von Henriette bin.«
»Warum wollen Sie das wissen? Gerade hat mir mein Freund angeboten, doch in Düsseldorf zu bleiben. Er hat mir eine Wohnung ausgesucht, die saniert ist und mit der ich keine Probleme hätte.«
»Ja, das ist natürlich eine Überlegung wert. Was also wollen Sie tun?«
»Ich mag das kleine Haus. Vom ersten Augenblick an.«

Kellermann war froh, das zu hören. Für ihn war die Sache damit klar; diese Wihlemina Maassen hatte rein gar nichts mit dem Anschlag auf Henriette zu tun. Er mochte sie. Genau wie Henriette sie gemocht hatte. Vom ersten Augenblick an.

»Das bedeutet, Sie werden versuchen, das Knäuel zu lösen?«
»Sie wissen von dem Knäuel?
»Natürlich.«
»Ich habe keine Ahnung, wie ich helfen soll es zu lösen. Jetzt, wo Frau Lieven im Krankenhaus liegt und ich nicht mit ihr sprechen kann.«
»Bei diesem Knäuel kann ich Ihnen leider auch nicht helfen.«
»Ich glaube, es könnte mit der Geschichte des kleinen Hauses zu tun haben.«
»Fragen Sie die Leute aus, die Ihnen etwas dazu erzählen können. Die alten Gladbacher. Nutzen Sie den Gladbacher Vertäll.«
»Gladbacher Vertäll? Sie meinen diesen Tratsch?«
»Es ist sowas wie ein altmodisches, regional begrenztes, mündliches Wikipedia, gesprochen in Gladbacher Platt. Wird oft von älteren Menschen praktiziert. Aber nicht nur. Jeder erzählt Ihnen alles, was er weiß und alle versuchen, möglichst viel herauszufinden. Es einfach Tratsch zu nennen, wäre zuwenig. Mehr darf ich aber wirklich nicht sagen. Kommen Sie doch zu unserem Stammtisch vom Losshüske. Da lernen Sie Menschen kennen, die für Sie nützlich sein können. Immer Freitags ab 20.00 Uhr in der kleinen Brauerei Jöris.«
»Das ist ja heute.«
»Ganz genau. Kommen Sie doch einfach mit.«

Er griff in seine Tasche, holte einen weiteren Beutel Vogelfutter heraus und gab ihn Willi. »Ich habe mir schon gedacht, dass Sie keines mitbringen werden. Wo hätten Sie es auch so schnell besorgen sollen? Die Körner einfach in die

Hand schütten und ganz ruhig hinhalten. Sie werden sehen, sie kommen ganz nah.« Er hatte recht. Sie kamen ganz nah. Kellermann war verschwunden, als Willi wieder hochschaute.

Heimlichkeiten

»Hallo, Tom Teller hier, Sie hatten mir eine Nachricht geschickt ... was genau möchten Sie denn wissen? Ja, diese Wilhelmina Maassen kenne ich. Ich hab sie schon am Mittwoch kennengelernt, als sie sich das Haus zum ersten Mal angesehen hat. Sie war bei mir im Café. Wir haben ein bißchen gequatscht und so. Ich glaube, sie ist jetzt eingezogen. Doch, doch. Jedenfalls steht ihr Auto auch nachts vor der Tür. Heute Morgen war übrigens ein Typ mit Porsche bei ihr. Warum sind Sie eigentlich so scharf auf das Haus? Ist ziemlich marode innen, alles alt, logisch, weil doch die Bude so lange leer gestanden hat ... ja, ich war schon drin ... nein, hab keinen Keller gesehen. Komisch, hab ich noch gedacht, weil das ungewöhnlich ist. Weil doch alle Häuser hier einen Keller haben ... nein, ich war allein dort. Ich konnte vorgestern Nacht nicht schlafen, da dachte ich, ich guck mir das Haus mal an ... wie ich reingekommen bin? Ich habe einen Schlüssel. Wo ich den herhabe, bleibt natürlich mein Geheimnis. Klar könnte ich Ihnen den mal überlassen. Das ist aber eine Kleinigkeit wert, oder? Wie wäre es mit einer Mietminderung oder so ... ja, das wäre ok. Ja, gut, Sie können ihn meinetwegen gleich abholen. Ich check in der Zwischenzeit mal, wann sie nicht zuhause ist.«
Ein paar Minuten später stand Tom vor dem kleinen Haus.

»Hi, wie geht's? Ich bring dir ein Stück Kuchen. Ist übrig, ich kann es sowieso morgen nicht mehr verkaufen.«

»Oh, Tom, grüß dich. Danke, das ist nett. Magst du kurz reinkommen? Ich hab aber nicht lange Zeit. Ich bin noch mitten in der Arbeit. Und heute Abend gehe ich aus. Bis dahin muss ich noch einiges schaffen.«

»Du bist schon eingezogen?«

»Ja, bin ich. Ich hatte ja nur ein paar Kartons.«

Sie zeigte auf die Treppe.

»Wollen wir nach oben gehen? Da steht wenigstens ein Stuhl.«

»Ja, klar, warum nicht.«

Neugierig sah sich Tom oben um.

»Wow. Das gibt es ja nicht.«

»Was denn?«

»Ein original Barcalounger 800 Tempo von Anton Lorenz! Abgefahren. Der wurde nur in einem einzigen Jahr produziert. 1963 in Buffalo, New York. Ein super Designerteil. Woher hast du den?«

»Meinst du diesen Stuhl? Ist ja witzig. Der ist nämlich vom Sperrmüll.«

Tom ärgerte sich, dass er es ihr gesagt hatte. Ein Fehler. Er hätte ihn ihr sonst leicht abschwatzen können.

»Hm, ach ja? Na, da hast du aber Glück gehabt. Naja, ich geh dann mal wieder. Du musst ja gleich weg, oder? Wohin geht es denn?«

»Ich geh zu einem Stammtisch in diesem kleinen Brauhaus Jöris.«

»Hm, Jöris, soso. Ist ja auch gleich um die Ecke. Hast ja schnell Anschluss gefunden. Dann viel Spaß.«

10 Minuten später saß die Vermieterin von Tom Teller in ihrer schicken Limousine in Sichtweite zum kleinen Haus, in der Ablage zwischen den Sitzen lag die Kopie des Schlüssels und eine Parfümflasche »Poison No.8«. Sie konnte den Eingang genau überblicken. Sie wartete darauf, dass Willi das Haus verlassen würde und trommelte ungeduldig mit den Fingern auf dem Lenkrad herum. Gundula Gebber hasste es zu warten. Aber sie wollte endlich wissen, wie das Haus von innen aussah. Sie griff nach ihrem Parfüm und nebelte sich ein.

Der lange Stammtischabend im Jöris

»Losshüske« ist Gladbacher Platt und bedeutet ungefähr soviel wie Gartenlaube oder auch Lusthäuschen – was ja manchmal aufs Gleiche herauskommt. Ein durchaus passender Name für einen Stammtisch.

So saß man denn auch an diesem Freitag in gemütlicher Runde bei einem leckeren Bolten Ur-Alt im Jöris und palaverte munter drauflos, jeder nach seiner Fasson, aber alle durcheinander, ganz so, wie es im Rheinland üblich ist. Und da es ein schöner, warmer Abend war, hatte man den Stammtisch kurzentschlossen in den Biergarten verlegt.

»Die Jungs sitzen draußen ...«, sagte der Chef vom kleinen Brauhaus Jöris, der heute hinter der Theke stand, und deutete mit dem Finger Richtung Außenterrasse. Er war ein echter Gladbacher Jung, der sich mit großer Leidenschaft im Sommer- und Winterbrauchtum engagierte, ganz selbstverständlich fast jeden Gast persönlich kannte und bei dem man sich allzeit und in jeder Hinsicht gut aufgehoben fühlen konnte.

Ein freundlich lächelnder Mann mit blondem Haar und Vollbart, der offenbar Willis fragenden Blick gesehen hatte, winkte ihr zu.

»Sie müssen Wilhelmina Maassen sein, richtig? Klaus hat sie schon angekündigt.«

Er deutete auf einen leeren Stuhl.

»Also, ich bin der Jupp. Offiziell Josef Jessen. Pensionär. Taubenfreund. Heimatfreund. Das da ist unser Professor.«

»Gestatten, Karl Kling. Wenn es um das alte Gladbach geht, bin ich der Mann für Daten und Fakten.«

»Unser Professor untertreibt mal wieder! Er hat schon so einige Bücher über Gladbach geschrieben. Insbesondere über die Abtei.« Er winkte bescheiden ab. »Ach, die liest doch längst niemand mehr.«

Die restliche Runde stellte sich gutgelaunt vor.

»Mathias Mogen. Für dich natürlich Matis. Meine Familie hat die kleine Fleischerei in der Waldhausener Straße. Aber ich bin Vegetarier.«

Alle lachten. »Matis engagiert sich gegen den Leerstand. Er vermittelt zwischen Vermietern und ehemaligen Studenten, die in der Stadt sowas wie kleine Museen betreiben.«

Die einzige Frau der Runde, Therese Tobehrens, eine mittelalte, rundliche Person, sah Willi mißtrauisch an. Tresken, wie

sie von allen genannt wurde, spitzte ihre Ohren und die pink leuchtenden Lippen.
»Und woher kommen Sie?«
»Jetzt lass doch das Frolleinchen erstmal was bestellen, Tresken.«
Alle lachten und redeten wieder wild durcheinander. Willi bestellte einen Weißwein; den gab es hier natürlich auch.

»Prost Wilemken.«
»Wilemken?«
»So nennt man eine Wilhelmina bei uns am Niederrhein. Jetzt haben Sie ihren Spitznamen weg.«
In diesem Moment kam ein älterer Mann im Trenchcoat und mit Baskenmütze dazu.
Kellermann schmunzelte. » ...das Wilemken ... soso ...«
Er gab Jupp einen freundschaftlichen Schlag auf den Rücken, beugte sich kurz über ihn und fragte leise, ohne dass die anderen es hören konnten: »Alles ok bei Henriette?«
»Alles ok, Klaus. Schwester Andrea passt jetzt auf.«
Kellermann nickte Willi freundlich zu, setzte sich ans andere Ende des Tisches und bestellte ein Alt.

Willi ergriff die Gelegenheit, Frau Tobehrens ein wenig auszuquetschen: »Ich komme aus Düsseldorf. Aber ich wohne jetzt am Geroweiher in dem kleinen Haus von Henriette Lieven. Ich nehme an, Sie kennen sie?«
»Ja, natürlich. In Gladbach kennt man sich.«
»Dann kannten Sie auch ihren Bruder?«
Tresken Tobehrens sah sich unauffällig um, bevor sie

antwortete, so als ob sie gleich etwas sehr Geheimes ausplaudern würde. Eine Eigenart, die redefreudige Menschen oft auszeichnet.
»Natürlich kannte ich ihn, den Leonard. Ein bildhübscher Mann. Aber immer traurig.«
»Traurig? Warum denn?«
»Man munkelt, es hätte mit einer unglücklichen Liebe zu tun, die er erlebt hat, als er 30 Jahre alt war. Er hat sich niemals davon erholt.«

Sie prostete Willi mit leidendem Gesichtsausdruck zu, spitzte erneut ihre pinkfarbenen Lippen und erzählte weiter: »Ja, das war schon eine traurige Sache damals. Manche dachten auch, er ist nicht ganz dicht, weil er dieses Haus so lange leerstehen lässt.«
»Hat er denn irgendwann selber dort gewohnt?«
»Gott bewahre! Natürlich nicht! Was glauben Sie denn, Kindchen! Die Lievens waren reich. Sehr reich. Die Großeltern hatten eine Textilfabrik. Sie wohnten in dieser traumhaften Villa. In den Häusern am Geroweiher wohnten nur die Angestellten.«
»Den Lievens gehörten noch andere Häuser dort?«
»Natürlich. Fast alle. Die anderen hat Leonard aber schon zu Lebzeiten an die Gebbers verkauft. Doch das eine – tja, das wollte er unbedingt behalten.«
»Ich würde gern wissen, wer zuletzt in dem kleinen Haus gewohnt hat.«
»Die Angestellten haben mich nie sonderlich interessiert. Wer wird das schon gewesen sein, der letzte Bewohner? Eine junge Frau wahrscheinlich. Eines der Hausmädchen. Die

Hausmädchen wechselten ständig. Warum wollen Sie das überhaupt wissen?«

Wilhelmina befürchtete, dass auch Tresken Tobehrens auf den Trichter kommen würde, dass es sich bei diesem Hausmädchen eventuell um die unglückliche Liebe von Leonard Lieven gehandelt haben könnte. Sie hatte das Gefühl, dass das Geheimnis von Henriettes Bruder bei Frau Tobehrens nicht unbedingt gut aufgehoben wäre. Sie versuchte, abzulenken.
»Ach, der letzte Bewohner kann mich vielleicht mit Informationen über das Haus versorgen ...«, log Willi ungeniert, » ...ich bin doch mitten in der Sanierung. Da tauchen immer wieder Fragen zum Haus auf.«
Tresken Tobehrens schaute sie argwöhnisch an, sagte nur: »Ach so?« Dann widmete sie sich ihrer heißen Gulaschsuppe.

Willi nahm einen Schluck Weißwein. Der hübsche Sohn einer Industriellenfamilie, ein junges Hausmädchen, die wilden 70er Jahre, ein kleines Haus als Liebesnest. Das klang verdammt schlüssig und nach Sonntagabend-Film im Zweiten. Bis auf die Tatsache, dass es offenbar kein Happy-End gegeben hatte. Sonst wäre er ja nicht so unglücklich gewesen. Es könnte also diese junge Frau sein, die den Inhalt des Koffers vom Dachboden benutzt und die im kleinen Haus gewohnt hatte. Jetzt musste sie nur noch herausfinden, wer sie war.

»Jaja, die Lievens. Eine Menge Unglück. Die Henriette ist ja kürzlich so furchtbar gestürzt.« Tresken machte ein bedeutungsvolles Gesicht.

»Ja, ich weiß. Schlimm.«
»Ein Sturz soll es gewesen sein. Aber es ist schon merkwürdig.«
»Was meinen Sie damit?«
»Naja, dass Leonard und sie so kurz hintereinander gestürzt sind. Leonard ist ja von seinem Balkon gefallen. Er war sofort tot. In Gladbach erzählt man sich, dass es ein Fluch sein könnte, der über der Familie liegt.«
»Es gibt keine Flüche.«
»Na, da bin ich nicht so sicher, Kindchen! Der Fluch existiert schon lange. Schon die Bombardierung der Lieven-Fabrik in den allerletzten Kriegstagen war mehr als ein Unglück. Die Großeltern sind dabei zu Tode gekommen ...«
Sie sah Willi verschwörerisch an.

Kellermann beobachtete Tresken Tobehrens, die vor lauter euphorischem Erzählen schon ganz rot im Gesicht war. Er sah auch, wie angespannt Willi war. Sie dürfte so einiges von Tresken über die Lievens erfahren haben. Ob Tresken auch wusste, wer die letzte Bewohnerin des Hauses am Geroweiher war? Hoffentlich ließ sich Wilhelmina Maassen nicht verleiten, zu viel von sich zu erzählen. Er musste sie gleich dort loseisen, denn Tresken würde alles, was sie erfuhr, bei der nächsten Gelegenheit weitererzählen – dem Bäcker, der Frau an der Supermarktkasse oder irgendwem, der gerade anwesend war.

»Hör mal, Karl ...«, begann Kellermann und wandte sich seinem Tischnachbarn, dem Professor, zu. »Wie war das eigentlich damals mit der Fabrik der Lievens ... sie ist doch im

Krieg zerstört worden?«
»Ja, die Lievens haben noch versucht, die brennenden Reste zu löschen, aber es war zu spät. Das ganze Gebäude ist schließlich eingestürzt. Zusammen mit dem großen Schornstein, der direkt auf einen Turm der Stadtmauer gebaut worden war.«
»Sie stand doch direkt am Geroweiher?«
»Ja, das stimmt. Warum fragst du?«
Kellermann war etwas eingefallen. Henriette hatte ihm doch etwas von Bodenproben erzählt. Bodenproben aus dem Geropark, die vor der Sanierung des Parks vor ein paar Jahren entnommen worden waren. Irgendetwas stimmte damit nicht.
»Ach, nur so.«

Kellermann und der Professor tranken die Neige ihrer Gläser aus und bestellten zwei neue Alt.
»Wenn du noch etwas wissen willst; jederzeit gerne, Klaus. Ich freue mich, wenn ich mal wieder ein wenig von unserer Geschichte erzählen kann. Ich roste sonst ein.«
»Du könntest mir in der Tat einen Gefallen tun; würdest du dich zu Frau Maassen setzen? Ich glaube, sie hat Tresken lange genug zugehört. Sonst behält sie unseren schönen Stammtisch noch in schlechter Erinnerung.«
»Natürlich. Gerne.«

Der Professor ging ans andere Ende des Tisches und Tresken Tobehrens freute sich, dass sie endlich neben Klaus Kellermann sitzen durfte. Es war spät, alle hatten bereits einige Alt getrunken – vielleicht würde sich ja etwas ergeben, das Tresken sich seit längerem erhofft hatte. Zum Glück war ihr

Mann heute zuhause geblieben. Der würde jetzt nur stören.
»Klaus ... wie nett, dass wir noch ein wenig Gelegenheit haben, zu reden ...«, flötete sie. Sie legte zärtlich ihre Hand auf seinen Arm. Kellermann spürte die säuselige Stimmung. Und er brachte Tresken sofort wieder auf Normaltemperatur.
»Hör mal, Tresken, hat nicht deine Enkelin damals am Sanierungsplan des Geroparks mitgearbeitet?«
Tresken war enttäuscht. Sie zog die Hand zurück.
»Ja, die Karina. So ein intelligentes Mädel. Bildhübsch, blutjung und beruflich schon im öffentlichen Dienst. Das Erfolgsgen liegt eben bei uns in der Familie. Sie arbeitet ja jetzt im Altlastenkataster.«
Kellermann runzelte die Stirn. Er wusste, dass Karina maximal in der Lage war, Unterlagen zu kopieren. Aber das reichte ihm. Es war sowieso höchst suspekt, dass in Gladbach neuerdings nur noch Personen, die jünger waren als 25, ins Rathaus gewählt wurden. Aber das würde sich schon noch rächen, da war er sicher.
»Da wurde doch ordentlich gebuddelt im Park, nicht wahr?«
»Ja, aber hallo! Hast du damals nicht diese ganzen Löcher gesehen? Löcher, Löcher, überall Löcher! Ich bin desöfteren gestolpert. Und ich habe so zarte Gelenke! Schau nur.« Tresken Tobehrens hielt einen Fuß hoch. Eine Fettrolle quoll am oberen Rand ihrer Schuhe hervor. Kellermann verspürte einen Anflug von Übelkeit.

»Gibst du mir mal Karinas Nummer?«
»Aber natürlich, sehr gerne, Klaus. Was genau willst du denn wissen? Und warum?«

»Ach, nichts Besonderes, ist nur reine Neugierde ...«
»So? Aha?« Sie verzog den Mund zu einem schmeichelnden Lächeln. Sie würde Karina fragen, was Klaus gewollt hatte.

Zur gleichen Zeit war der Professor bereits vollkommen auf Willi fixiert. Endlich konnte er mal wieder etwas Wissen loswerden. Es war nämlich so, dass sich das Wissen in ihm mal wieder ziemlich angestaut hatte und dringend nach Verbreitung verlangte – ansonsten wurde der Druck so groß, dass er wieder ein Buch schreiben musste. Und er fand, dass er bereits genügend Bücher geschrieben hatte. Zumal die kaum jemand las.
»Was soll ich Ihnen denn über Gladbach erzählen?«
»Ich würde sehr gerne mehr über die Abtei erfahren. Schließlich wohne ich jetzt genau darunter.«
»Das freut mich aber! Das ist sozusagen mein Steckenpferd. Wir könnten auch mal gemeinsam das Innere des Münsters besichtigen, wenn Sie Zeit und Lust haben. Wo soll ich beginnen? Am besten mittendrin. Ein Anfang ist im Grunde ja auch immer mittendrin, mitten von irgendetwas anderem, nicht wahr? Fragen Sie einfach drauflos.«

Er lächelte, nahm die Brille ab und putzte sie.
»Es gab doch sicher eine Bibliothek in der Abtei. Ich bin eine Leseratte. Ich liebe Bücher.«
»Die Benediktinerabtei St. Vitus verfügte sogar über eine ganz fantastische Bibliothek. Zeitweise sollen sich dort mehr als 4000 wertvolle Handschriften und Drucke befunden haben.«
»Gab es auch ein Skriptorium?«

»Ja, das gab es auch, wir können es aber nur für eine gewisse Zeit im 12. Jahrhundert nachweisen. Aber natürlich existierte es viel länger.«
»Ein Skriptorium war die Schreibstube eines Klosters, wo wertvolle Handschriften kopiert wurden, richtig?«
»Der Buchdruck wurde ja erst um 1440 erfunden. Jede Vervielfältigung war nur als Handschrift möglich; eine überaus künstlerische und mühevolle Arbeit. Und jede Kopie wiederum war ja dann auch ein Unikat. Denken Sie nur an die feinen Zeichnungen oder die geschwungenen, kolorierten Initialbuchstaben am Anfang der Zeilen. Meistens bearbeiteten mehrere Skriptoren ein zu kopierendes Werk gleichzeitig.«
»Erzählen Sie doch bitte mehr davon ...«

Die Abenddämmerung hatte sich über die Außenterrasse des kleinen Brauhauses gelegt. Der Wirt kam heraus, begrüßte die Menschen, die an den Tischen saßen, setzte sich mal hier, mal dort dazu und zündete die Kerzen in den Windlichtern an, bis es überall auf den Tischen gemütlich flackerte.

An allen Tischen wurde nach Herzenslust geredet und gelacht. Man war schließlich im Rheinland. Doch auch hier wurde natürlich längst nicht alles gesagt, was hätte gesagt werden sollen. Aber dafür alles, was gesagt werden konnte ...

Als Willi an diesem Abend – leicht angeheitert und von neuen Eindrücken und spannenden Geschichten beflügelt – das kleine Haus betrat, war anscheinend alles, wie sie es verlassen hatte. Lediglich ein komischer Geruch schlug ihr entgegen.

Was war das nur? Ein ziemlich penetrantes Parfüm? Sie kannte es von irgendwoher. Aber sie besaß doch selber gar keins, schon gar nicht so eines. Es roch düsseldorferisch. Willi stolperte über den Rand des Teppichs im Erdgeschoß, der sich irgendwie hochgerollt hatte, und ging schlafen.

Die nächtliche Besucherin Gundula Gebber hatte den Teppich nicht ordentlich wieder hingelegt. Und sie hatte etwas verloren; ein auffälliger, goldener Ring war ihr vom Finger gerutscht und oben in den hellblauen Schirm gefallen, den Willi niemals mit dem Klettband verschloss und der vollkommen harmlos im Eingang an der Wand lehnte.

Kapitel 4

Ein Berg aus Schutt

Ziemlich früh am nächsten Morgen, es war Samstag, rief Klaus Kellermann Karina an, Treskens Enkelin.

»Deine Oma hat mich schon angekündigt? Das ist gut. Ja, ich interessiere mich für die Sanierung vom Geropark … du hast die doch genau mitbekommen. Hattest du da vielleicht mal Kontakt zu Henriette Lieven? Du beantwortest doch die Fragen der Bürger und arbeitest im Altlastenkataster … Karina? Bist du noch dran?« Kellermann hörte Karina heulen.

Das war er, der Stich ins Wespennest. Eine 20-jährige hatte eben nicht die Nerven für so was. Das war in diesem Fall natürlich gut. »Also, was ist los, Karina?«

Kellermann erfuhr, dass Henriette tatsächlich mehrere Mails ans Altlastenkataster geschrieben hatte. Sie war sogar persönlich im Büro von Karina gewesen und hatte darauf bestanden, das Gutachten, das vor der Sanierung vom Boden im Park angefertigt worden war, im Original einzusehen. Karina war schließlich eingeknickt und hatte es ihr gezeigt, obwohl sie nicht wusste, warum Frau Lieven das Gutachten überhaupt hatte sehen wollen. Sie heulte wieder. Frau Lieven hatte bei der Gelegenheit ein Foto davon gemacht, obwohl das Karina sehr unangenehm war und sie deutlich dagegen protestiert hatte.

Aber keine Chance, Frau Lieven hatte es einfach getan und war dann gegangen. Es handele sich um das Gutachten, das von einer Gladbacher Firma im Auftrag der Stadt angefertigt worden war. Karina schluchzte jetzt laut.

»Karina ... jetzt beruhig dich erstmal. Nein, du hast nichts Schlimmes getan. Nein, ich sage nichts deinen Vorgesetzten. Aber du musst mir einen Gefallen tun. Hör zu. Bitte geh gleich zum Altlastenkataster, such das Gutachten raus, mach mir einen Scan und schick ihn mir. Wie, das geht nicht? Du kannst keinen Scan machen? Du kannst nur Kopien erstellen? Ja, gut, dann machst du eben mit deinem Handy ein Foto davon. Henriette hat ja auch nur ein Foto davon gemacht. Das ist schon in Ordnung. Schick mir das dann auf mein Handy ... sofort ... ja, ich weiß, dass heute Samstag ist. Aber es ist wirklich eilig.«

Eine Viertelstunde später konnte Kellermann das Foto in seinen Mails betrachten. Kellermann staunte nicht schlecht, als er das Gutachten studierte. Das Gutachten, das von der Firma Aludung Geogutachten erstellt worden war, sagte aus, dass der gesamte Hügel im Geropark offenbar ausschließlich aus altem Schutt von zerbombten Gebäuden bestand. Das war wirklich ein Ding. Ein einziger Schutthaufen also! Lediglich ein wenig Erde wurde damals draufgeschüttet, der Rasen ist mit den Jahren von selber drübergewachsen und der Schutt geriet in Vergessenheit. Es wurde nie wieder darüber geredet! Heute wusste fast niemand mehr etwas davon. Jedenfalls niemand in der Öffentlichkeit. Die Leute saßen ahnungslos auf den Bänken, die auf dem Hügel standen, und fütterten die Enten und Tauben. Das Gutachten bescheinigte allerdings auch, dass es keine Veranlassung für weitere Untersuchungen des Bodens geben würde. Die Bohrlöcher wurden wieder zugeschüttet. Und die Planung des neuen Parks optisch an den bereits vorhandenen Hügel angepasst.

Kellermann überlegte. Die zerbombten Gebäude; das konnte doch nur die alte Lieven-Fabrik sein! Das war umweltschutztechnisch höchst bedenklich. Umweltschutz war damals noch ein echtes Fremdwort. Damals wurde üblicherweise noch sorglos mit Giftstoffen hantiert. Und mit dem Boden soll alles in Ordnung sein? Das stank doch gewaltig! Gut möglich, dass dies Henriettes Recherche war, die irgendjemanden aufgeschreckt hatte, der mehr wusste.

Aber es war noch etwas anderes auf dem Foto zu sehen. Treskens Enkelin hatte das Gutachten beim Fotografieren auf ihren Schreibtisch gelegt und diesen ein Stückchen mitfotografiert. So konnte man einen kleinen, gelben Haftnotizzettel sehen, der am äußeren Rand des Gutachtens klebte und über ihn herausragte. So ein Post-it, das man leicht vergisst, wenn man es erstmal irgendwo hingeheftet hat. Und auf dem üblicherweise Dinge stehen, die etwas über das aussagen, woran sie kleben. Auf diesem Post-it hatte jemand mit einer schönen, aber unleserlichen Schrift etwas vermerkt. Kellermann konnte es nicht lesen.
Er musste das Gutachten durchleuchten. Musste herausfinden, ob es falsch war – und warum. Eine heikle Sache. Er selber

konnte schließlich keine erneute Bodenprobe auf öffentlichem Raum veranlassen. Das war illegal. Klar war, dass so einige Personen beim Altlastenkataster vom »Lievenschen Schutthügel« gewusst haben mussten. Vor allem die Älteren. Ein derart belasteter Boden musste kostspielig ausgetauscht werden. Sowas kostete ein Vermögen! Denn so viel sich in Gladbach auch immobilientechnisch tat; die Stadtkasse war leer. Gladbach hatte sogar immer noch sehr hohe Schulden, mehr als manch andere Stadt. Wer also hatte ein Interesse daran, die Sache zu vertuschen? Jemand, der die Sanierung des Parks vorantreiben wollte? Würde ein Angestellter der Stadt so etwas tun? Das waren doch alles Leute, die um 14.59 Uhr den Bleistift fallen ließen. Spätestens. Die Stadtkasse war denen ziemlich egal. Die fühlten sich doch für nichts verantwortlich. Da musste jemand anderer dahinter stecken. Jemand, der ein persönliches Interesse hatte, dass die Dinge unter dem Rasen begraben blieben. So jemand hätte dann auch allen Grund, Henriette irgendwie aufzuhalten, bevor sie damit an die Öffentlichkeit gehen konnte. Vielleicht sogar mit einem angeblichen Unfall.

Der gute Professor

Am Sonntagvormittag klingelte Professor Kling bei Willi.
»Haben Sie Lust auf einen kleinen Ausflug in die Zeit der Abtei St. Vitus?«
»Ja, sehr gerne!«
»Wir gehen rauf zum Münster und setzen uns dort ein wenig in die Sonne.«

Einige Minuten später stieg Willi neben Prof. Karl Kling die 100 Stufen zur alten Kirche hoch.
»Ich freue mich sehr darüber, dass Sie so ein großes Interesse für unsere Münsterkirche und die Geschichte der Abtei zeigen. Viele Menschen, gerade die Gladbacher, gehen Tag für Tag achtlos daran vorbei.«

Als sie oben angelangt waren, sog der Professor die Luft ein, als befänden sie sich auf einem niederrheinischen Gipfel.
»Herrlich, oder?
Willi nickte. Sie betrachtete die Wände der alten Kirche.
»Ein schöner, heller Stein. Wie Tuffstein an der Loire. Ich habe erst vor kurzem ein Buch darüber gelesen.«
»Sie lesen viel, nicht wahr?«
»Ja. Immer schon. Deshalb finde ich ja auch die Geschichte der Bücher aus der Bibliothek der Abtei so spannend.«
»Ja, das ist sie auch. Bücher erfuhren damals natürlich eine ungleich höhere Wertschätzung als heutzutage. Die frühen Schriften müssen eine unglaubliche Faszination ausgeübt haben. Plötzlich gab es eine Möglichkeit, das einmal Erdachte und Ersonnene für die Zukunft – oder auch die Ewigkeit, wenn Sie so wollen – festzuhalten. Und jeder, der des Lesens mächtig war, konnte die Gedanken und Lehren des einstigen Verfassers jederzeit wieder zum Leben erwecken! Ein lebendiges Wort.«
»Im Grunde ist eine Schrift auch nichts anderes als ein verworrenes Knäuel. Jedenfalls für den, der sie nicht entziffern kann. Man muss sie lesen und deuten können.«
»Das stimmt. Die Mönche der Abtei St. Vitus konnten sogar

hebräisch. Das weiß man, weil es eine hebräische Bibel gab. Sie muss unglaublich kostbar gewesen sein. Aber auch sie ist leider für immer verschwunden. Die Franzosen haben alles Kirchliche zerschlagen und sich deren Besitztümer einverleibt. Mit den Büchern der Abtei wollten sie eine Bibliothek in ihrem Département in Köln errichten. Sie haben alle Bücher und Handschriften aus St. Vitus, die sie interessierten, auf die Reise dorthin geschickt. Aber die geplante Bibliothek in Köln wurde niemals errichtet.«

»Sagten Sie nicht, es gab über 4000 Bücher in der Bibliothek der Abtei?«

»Sie haben an unserem Stammtischabend wirklich gut aufgepasst! Ja, das stimmt. Im 18. Jahrhundert wird diese Zahl genannt. Aber soviele waren es später nicht mehr. In diesen Jahren hat es sicherlich viel Durcheinander gegeben. Und das, obwohl die Franzosen zwei Männer geschickt hatten, die den Bestand der Bibliothek in Listen dokumentiert haben.«

»Wenn ich der Abt gewesen wäre, hätte ich versucht, meine Schätze vorher zu verstecken.«

»Oh, genau das hat man auch getan! Vor dem erwarteten Einfall der Franzosen, im Winter 1792, wurden alle Kunstgegenstände, Handschriften und Bücher sehr gut versteckt. Das Archiv wurde in leeren Fässern verstaut, Silber und Pretiosen in einem Gewölbe unterhalb des Kerkers. Reliquien in zwei Kisten hinter dem Stephansaltar. Und die wertvollen Bücher und Kunstgegenstände unter einem Bogen der vom Martinschor zum Klostergarten führt. Sie wurden vergraben.«

»Und dann?«

»Die Franzosen kamen 1792 gar nicht! Und die Mönche

fingen verständlicherweise wieder an zu hoffen, dass die Gefahr an ihnen vorüberziehen würde. Bedenken Sie auch, dass es Winter war. Keine gute Zeit, um Wertvolles länger als nötig der Witterung auszusetzen. Man fühlte sich sicher und hat alles wieder aus den Verstecken herausgeholt.«

»Und dann kamen die Franzosen doch noch.«

»Ganz genau. Als keiner mehr damit rechnete. Zwei Jahre später, im Winter 1794. Da war es für ein erneutes planvolles Verstecken zu spät. Wahrscheinlich konnte der Abt höchstpersönlich etwa 20 wertvolle Handschriften, die ihm besonders am Herzen lagen, doch noch retten. Das wissen wir, weil sie von einem Mönch der Abtei in aller Eile auf einer Liste notiert wurden. Darunter sind auch die zwei Bände der kostbaren hebräischen Bibel, die ich vorhin erwähnt habe.«

»Und wo sind diese Handschriften jetzt?«

»Das weiß niemand, sie sind nicht wieder aufgetaucht. Genau wie die meisten anderen Bücher. Manche sind wahrscheinlich in altehrwürdigen Bibliotheken irgendwo auf der Welt. Viele wurden von den Franzosen verscherbelt, sind in privaten Sammlungen oder zerstört worden. Einige sind übrigens auch schon durch Zufall wieder aufgetaucht. Das ist dann natürlich immer eine kleine Sensation. Jedenfalls kann man alle Gladbacher Bücher und Handschriften aus der Bibliothek von St. Vitus eindeutig identifizieren.«

»Und wie das?«

»Durch die Gladbacher Bibliothekssignatur.«

»Was ist das?«

»Normalerweise stehen Bücher im Regal mit dem Buchrücken nach vorne, das wissen Sie natürlich. In Gladbach jedoch

standen sie genau anders herum! Der Seitenschnitt zeigte nach vorne. Und darauf waren sie durchnummeriert: mit dem Buchstaben für das Themengebiet und der Nummer des individuellen Bandes. Auf dem oberen Schnitt befand sich noch eine weitere Zahl, die das Format bezeichnete.«
»Das ist aber eigenartig.«
»Stimmt. Und es ist einzigartig auf der Welt.

Der Professor holte einen Plastikbehälter aus der Tasche und öffnete ihn. Darin waren selbst eingelegte Gewürzgürkchen.
»Möchten Sie eines?«
»Gerne. Die habe ich schon lange nicht mehr gegessen. In Düsseldorf bekommt man eher selten welche angeboten.«

Der Professor stand auf. »Kommen Sie. Ich zeige Ihnen das Versteck beim Klostergarten. Der ist übrigens auch wieder sehr schön hergerichtet worden. Dort auf den Bänken können Sie auch wunderbar lesen. Es gibt allerlei alte Rosen und geheimnisvolle Kräuter ...«

Sanierungsgetöse und schlimme Nachrichten

Die Handwerker kamen am Montag um 7.00 Uhr und überraschten Willi noch im Schlafanzug.

Entgegen ihren Erwartungen musste es sich beim Umfang der von Frau Lieven veranlassten Arbeiten durchaus um eine Art Kernsanierung handeln; jedenfalls sollte offenbar das komplette Badezimmer herausgerissen und erneuert werden, zur selben Zeit begannen die Elektriker, im ganzen Haus die Wände aufzustemmen und neue Leitungen zu verlegen und der Dachdecker machte sich hoch oben zu schaffen, um kaputte Dachschindeln auszutauschen und seine Helfershelfer brachten Schafwolle zur Dämmung des Dachbodens.

Wie sie da allesamt am kleinen Haus herumhämmerten und es auseinandernahmen, das war schon ein eigenartiger Anblick. Willi staunte nicht schlecht, bekam aber auch ein wenig Angst, dass sie für so einen großen Kapitaleinsatz von Frau Lieven vielleicht doch noch andere Verpflichtungen eingehen musste. Als das Getöse unerträglich wurde, flüchtete sie mit ihrem Zeichenblock und einigen Stiften ins Färberwaid, um dort in Ruhe zu frühstücken und dann ein wenig zu arbeiten.

Im Park sah sie Klaus Kellermann, der unter einer alten Kastanie stand und telefonierte. Willi konnte ihn beobachten. Die Situation erinnerte sie an den Abend in Oberkassel, an dem Bruno unter den Platanen dieses eigenartige Gespräch geführt hatte, über das sie immer noch nichts wusste. Nur dass es diesmal Kellermann war, der telefonierte. Nach einer Weile ließ er die Hand mit dem Handy nach unten sinken, verharrte einen Augenblick reglos und lehnte sich dann gegen den alten Baum. Er zog sich die Schiebermütze vom Kopf, rieb sich das Gesicht und knautschte darin herum, so, als wolle er alle Falten durchwalken oder wegstreichen. Aber Falten lassen sich nicht wegstreichen.

Sie verließ das Färberwaid und ging ihm entgegen. Er sah sie mit ernstem Blick an.
»Henriette ist gestorben.«, sagte er nur. »Kommen Sie. Wir machen ein paar Schritte.«

Gladbacher Vertäll

»Sie ist tot.« Gundula Gebber stieß die Tür zum Esszimmer auf und prustete. Sie trug noch ihre rote Kaschmirstola. Offenbar war sie gerade erst vom Einkaufen zurückgekommen, denn sie hielt noch eine maigrüne, gut gefüllte Tüte der bekannten Konditorei Heinemann in der Hand.
»Die kleine Maassen?« Gerd Gebber war geschockt. Die war doch eigentlich ganz sympathisch. Obwohl ihr Tod gerade ziemlich gut in ihre Pläne passen würde ...
»Nein. Nicht die Maassen. Henriette natürlich.«
»Das ist nicht gut.«
Gundula Gebber setzte sich und warf die Stola über die Stuhllehne. »Reich mir doch mal die Foie gras und den Champagner.«
»Also, was machen wir jetzt?«
»Diese Maassen hat bislang keine Anstalten gemacht, wieder auszuziehen, obwohl Bruno es angekündigt hatte. Wir können uns auf ihn in diesem Punkt nicht verlassen.«
»Sollen wir ihm die Vermittlungsaufträge für unsere Düsseldorfer Immobilien wieder entziehen?«
»Nein. Er ist nunmal ein hervorragender Makler. Und wir brauchen das Kapital aus den Verkäufen dringend für weitere

Investitionen rund ums Münster.«
»Wir müssen in Erfahrung bringen, wer Henriette beerbt. Kinder hat sie ja nicht. Und andere Lievens gibt es nicht mehr, soweit ich weiß.«
»Tja, mein Lieber, ich weiß schon, wer der Erbe ist ...«
»Und woher weißt du das?« Gerd Gebber sah seine Frau mit leichter Bewunderung an.

»Gladbacher Vertäll, mein Lieber. Dabei sind schon ganz andere Dinge ans Tageslicht gekommen. Ich habe die Frau vom Jochen Sauer in der Konditorei Heinemann getroffen, die Leonie. Sie hat mir nicht nur erzählt, dass Henriette tot ist, sondern auch, dass sie ja eine sehr gute Freundin von ihr und ihrem Mann gewesen ist. Sie hat mir verraten, dass Henriette seinen Verein für die Erhaltung der niederrheinischen Flora und Fauna schon lange finanziell unterstützt hat.«
»Was ist das denn schon wieder für ein Öko-Quatsch?«
»Du weißt schon, Schnitt der Kopfweiden und so. Renaturierung der Bachläufe. Wiederansiedelung von Störchen. Schutzräume für Steinkäuze und Fledermause. Oder das Urwaldprojekt Hardter Wald ...«
»Hä? Hör auf mit dem Quatsch.«
»Dann haben wir noch ein bisschen über die Maassen hergezogen, eine Düsseldorferin in Gladbach und so weiter, über den Fluch der Lievens, dem Henriette ja nun auch erlegen ist. Dann hat sie so komische Andeutungen gemacht, dass das beileibe noch nicht alles wäre. Eigentlich wollte sie nichts sagen, aber ich habe es aus ihr herausgekitzelt, du kennst mich ja.«
»Erzähl schon.«

»Nun, sie hat mir erzählt, dass Henriette diesem Verein ihr ganzes Vermögen vererbt hat. Das Testament hat sie beim Notar Dr. Lenz hinterlegt.«
»Respekt, meine Liebe. Du bist schon ziemlich ausgefuchst.« Er nahm einen Schluck Champagner und rückte den Stuhl im Wintergarten zurecht, so dass er die Arbeiten im parkähnlichen Garten beobachten konnte. Der Gärtner machte gerade eine Pause.
»Verdammt.« Gerd Gebber wurde rot im Gesicht, stand abrupt auf und lief auf die große Terrasse, wo er losbrüllte: »Los, los, nun machen Sie mal schön weiter, ich habe mein Geld auch nicht mit Herumstehen verdient.«

Dann kam er wieder herein, im Gesicht noch die leichte Röte des Zornes. Sie lächelte. Schön, dass er sich so durchsetzen konnte.
»Wo waren wir gerade?«
»Dass der Verein von Jochen Sauer alles erbt. Also auch das kleine Haus. Wir werden es ihm abkaufen. Und dann der Maassen kündigen. Eigenbedarf.«
»Eigenbedarf?«
»Ja, klar. Eine kleine Galerie für mich.«
»Nicht schlecht, meine Liebe, gar nicht schlecht ...«

Die Nachrichten, dass Henriette Lieven tot und genau wie ihr Bruder höchstwahrscheinlich am Fluch der Lievens gestorben war, hatten sich in Windeseile in Gladbach herumgesprochen. Gladbacher Vertäll eben. Bereits auf der Beerdigung, die ein paar Tage nach Henriettes Tod bei typisch rheinischem Nieselregen stattfand, wusste jeder Bescheid.

Die Beerdigung war erwartungsgemäß gut besucht; die Familie Lieven war bekannt in der Stadt. Henriette hatte viele gemeinnützige Projekte unterstützt und den Christkindlmarkt mitgetragen, ein gesellschaftliches Highlight im Gladbacher Kalender, der von allen besucht und dessen Erlöse komplett für wohltätige Zwecke gespendet wurden. Jeder kannte Henriette Lieven. Und jeder wollte wissen, wem sie ihr Vermögen vererbt hatte.

Henriette wurde auf dem Familiengrab der Lievens auf dem alten Teil des Friedhofs am Bunten Garten beigesetzt. Ein Heer von Regenschirmen bewegte sich in Richtung der Grabstelle mit den gewaltigen, von Moos bewachsenen Engelsfiguren, die schon von vielen Sonntagsspaziergängern fotografiert worden waren.

Die Linden, die die ersten Gladbacher Lievens einst gepflanzt hatten, waren zu Riesen herangewachsen. Ihre Wurzeln hatten sich unter dem Weg hindurchgegraben und sie erhoben sich nun als Stolperfallen. Henriette hatte sich immer geweigert, die Bäume entfernen zu lassen, selbst als der Friedhofsvorstand darauf gedrängt hatte, aber ihr Einfluss auf das wohltätige Leben in Gladbach hatte ihr eine Art Sonderrecht eingeräumt. Auch der Efeu, der im oberen Bereich der Grabstelle alles überwuchert hatte, blieb gemäß Henriettes Wunsch, auch wenn man die Geburts- und Todestage der Lievens, die weit bis ins 18. Jahrhundert zurückreichten, kaum noch lesen konnte.

Das Loch, das im nassen Boden gleich vorne links neben Leonard Lieven gegraben worden war, war riesig. Willi, die neben Klaus Kellermann ging und nun an der Reihe war, Blumen ins Grab zu werfen, hatte das Gefühl, im nächsten Moment zusammen mit dem Gebinde dort hineinzufallen. Sie schwankte. In den schwarzen Klamotten sah sie noch dünner aus als sonst und auch Kellermann, der neben ihr stand, machte keine gute Figur. Beide waren bereits komplett nassgeregnet. Die Leute tuschelten.

Irgendwann nahm Kellermann der blassen Willi den hellblauen Regenschirm aus der Hand und spannte ihn über ihr auf. Etwas Kleines, Glänzendes fiel heraus, platschte auf den matschigen Weg vor dem Grab und versank in einer Pfütze. Willi bemerkte es nicht, Kellermann schon. Seine rotgeränderten Augen bekamen einen Hauch des für ihn so typischen klaren Blickes. Er bückte sich und wühlte mit der Hand in der Pfütze herum.
Die Trauergäste tuschelten. »Der Fluch der Lievens ...«, raunte eine ältere Dame mit pinkfarbenen Lippen gerade ihrer Nachbarin zu, » ...jetzt hat er Henriette auch noch erwischt.« Es war

Tresken Tobehrens. Sie war mißmutig, weil Klaus Kellermann direkt neben dieser Maassen stand. Was hatte er überhaupt mit der zu schaffen? Warum stand er nicht neben ihr?

Der Leichenschmaus fand im eleganten Restaurant Rosenmeer am großen Park »Bunter Garten« statt. Einige der Trauergäste übernachteten auch dort. Der Regen hatte mittlerweile aufgehört und die Sonne war herausgekommen. Das ging am Niederrhein immer sehr schnell. Das Restaurant war so voll, dass alle Plätze drinnen und draußen auf der Terrasse belegt waren. Es gab rheinische und mediterrane Tapas, die hatte Henriette immer hier gegessen, Skrei und Lachs vom Grill, dazu einen frischen Weißwein von Franz Keller und später natürlich noch die köstliche hausgemachte Apfeltarte, von der einige Gäste gleich mehrere Stücke vertilgten. Henriette hatte alles viele Jahre vorher so geplant und die Anweisungen beim Notar hinterlegt, schließlich hatte sie keine Nachkommen.

Kellermann brachte Wilhelmina eine heiße Suppe. »Damit Sie keine Erkältung bekommen in den nassen Sachen.« Er setzte sich zu ihr und wartete, bis sie aufgegessen hatte. Dann griff er in seine Tasche.

»Haben Sie den vermisst?« Er hielt den auffälligen, goldenen Ring hoch, den er in der Pfütze vor dem Grab gefunden hatte. Willi sah den Ring verwundert an.

»Nein, der gehört mir nicht.«

»Er war in Ihrem Schirm.«

»In meinem Schirm? Wie soll er denn da hineingekommen sein?«

»Irgendjemand hat ihn hineinfallen lassen. Vielleicht aus Versehen. Sie haben den Schirm sicher lange nicht aufgespannt. Es hat ja schließlich auch gar nicht geregnet. Der Ring kann also schon länger darin gewesen sein.«

In diesem Moment bemerkte er eine auffällig gekleidete Frau, die intensiv ins Gespräch mit Jochen Sauer vertieft war. Beide standen auf der Terrasse und prosteten sich zu. An den Fingern der Frau steckten dicke Goldringe, die von genau dergleichen Machart waren wie der, den er aus der Pfütze gefischt hatte. Kellermann stand auf, ging auf die Terrasse und hörte dem Gespräch der beiden zu. Die Frau war Gundula Gebber, die Vermieterin von Tom. Er kannte sie nur flüchtig.

» ...ja, aber natürlich können Sie es kaufen. Wir können damit nichts anfangen, ein Geldbetrag in der Vereinskasse ist für uns sinnvoller. Der Verein wird auf jeden Fall in die Lieven-Villa einziehen. Die ist natürlich nicht zu verkaufen.«
Er lachte fröhlich. Gundula Gebber ahnte, dass Jochen Sauer vorhatte, die Lieven-Villa als sein Privatdomizil zu nutzen und die Vereinsräume darin zu integrieren. Sie lächelte.

»Wir können uns gerne nach der Testamentseröffnung beim Notar treffen und das sofort regeln, Frau Gebber.«
»Sehr gut. Eine schnelle Abwicklung liegt uns am Herzen. Wir sind eben sehr heimatverbunden, das verstehen Sie sicher.«
In diesem Moment gesellte sich ein Mann dazu.
»Herr Sauer, wie schön, Sie hier zu treffen. Wenn nicht der traurige Anlass wäre, meine ich natürlich. Sie haben schon

mit meiner Frau gesprochen?«

»Ja, und ich bin einverstanden, Ihnen das kleine Haus am Geroweiher zu verkaufen.«

»Sehr schön. Über einen Preis werden wir uns sicherlich einig. Wir wollen alles möglichst bald sanieren, so wie wir es schon bei den anderen Häusern im Umfeld getan haben.«

»Aber ich glaube, es wird bereits saniert.«

»So?«

»Ja, ich bin Anfang der Woche dort vorbeigefahren und habe einige Handwerker hineingehen sehen. Das müssen Handwerker sein, die Frau Lieven noch vor ihrem Tod beauftragt hat.«

»Hm. So. Interessant. Naja, wollen wir so langsam los, meine Liebe?«

Das Ehepaar Gebber verabschiedete sich von Jochen Sauer und einigen anderen Trauergästen, die ihnen wichtig erschienen. Klaus Kellermann beobachtete, wie die beiden aufgeregt miteinander sprachen, als sie zu ihrem Wagen gingen. Jochen Sauer dagegen zündete sich in diesem Moment auf der Terrasse eine Zigarre an und sah ziemlich zufrieden aus.

»Du ermittelst schon wieder, Klaus? Mach mal eine Pause. Wollen wir einen Spaziergang machen?« Professor Kling legte seine Hände auf Kellermanns Schultern. »Wir können der jungen Dame ein wenig die Gegend zeigen. Sie braucht jetzt eine Ablenkung. Und du auch.«

Sie fuhren mit Klings Wagen, einem alten Fiat Multipla, dem in vielen Rankings der Status des häßlichsten Autos aller Zeiten bescheinigt wurde, aus Mönchengladbach heraus. Der Regen war vorbei. Die Sonne brachte Leben ins frischgenährte Grün, so als wolle sie bestätigen, dass das Leben immer weitergeht, egal, ob man noch dabei ist, oder nicht.

Sobald sie die Stadt hinter sich gelassen hatten, umgab sie die typische Niederrheinlandschaft. Flach, aber nicht langweilig platt wie weiter oben im Norden Deutschlands, ein weiter Horizont hinter Feldern, die von kleinen Bächen und Kopfweiden gesäumt wurden und über allem ein Hauch Melancholie, auch im Sommer. Richtung Schwalmtal zu fahren, das war immer eine gute Idee, wenn man mal raus musste. Schwaam, Rickelrath oder Lüttelforst, zauberhafte kleine Orte, von denen die Düsseldorfer noch niemals etwas gehört hatten.

Professor Kling hielt auf dem Parkplatz der Mühle in Wegberg. Die Molzmühle, die im Schwalmtal an einem der Nebenflüsschen der Schwalm liegt, existierte bereits im Mittelalter und war nur eine von vielen Mühlen rund um Mönchengladbach. Sie diente einst dem Mahlen von Getreide und Pressen von Leinsamen. Heute muss das restaurierte Mühlrad nicht mehr arbeiten; es ist im Ruhestand und bewegt sich nur noch, um die Gäste, die draußen vor der Molzmühle sitzen und dem Mühlbach lauschen, zu erfreuen.

Die Eigentümerin der Molzmühle war eine gute Bekannte von Kellermann.
»Die Mühle ist ein kleines, feines Restaurant, das von einer besonderen Dame geführt wird.«, erklärte er Willi. »Es kann schon mal passieren, dass man nach dem Genuß eines erstklassigen Menüs Eichenstecklinge geschenkt bekommt, die sie aus ihrem Garten einsammelt – nur weil man beiläufig erwähnt hat, dass man auch gerne eine Eiche im Garten hätte. Das macht sie allerdings nur, wenn sie einen mag.«

Kellermann ging vor und zeigte auf einen Biergarten, der von purer Natur umrandet wurde. »Setzen wir uns doch an den Weiher. Dort ist mein Lieblingsplatz. Und nicht nur im Sommer. Wenn die Bäume alles Grün verloren haben und nur noch die kahlen, dunklen Stämme am Weiherrand in die Luft ragen, spürt man die wahre Melancholie des Niederrheins. Es ist so eine Art Ahnung, dass trotz dunkelster Zeit das Leben tief in der Erde immer weiter existiert.«
»Oder irgendwo im Himmel ...,« bemerkte Willi.
»Ja. Oder irgendwo im Himmel.«

Der kleine Weiher bestand aus dunkelgrünem, vollkommen undurchsichtigem Wasser, aus dem am Uferrand ein kleiner Urwald herausragte. Eine Vielzahl dünner und dicker Bäume, schiefer Baumstümpfe, dazwischen allerlei schilfiges Grün: ein niederrheinisches Biotop; ein bißchen so wie im Spreewald, nur nicht so erdrückend. Auf der Wiese vor dem Weiher war reichlich Platz zum sitzen. Zwei oder drei Strandkörbe, Holzstühle und -tische, daneben eine ungeschnittene

Ligusterhecke, ein windschiefer Pavillon aus Metall und ein Boot aus morschem Holz, das am Ufer lag. Alles war mehr oder weniger von der Natur eingewachsen. Schwer zu sagen, ob das Ganze eine bewusste Art des Laissez-faire war oder ob alles nur zufällig verwitterte, wie es gerade wollte. Jedenfalls war es genau das, was dem Ganzen einen eigentümlichen, romantischen Charme verlieh und diesen Ort so kostbar machte, weil man hier sehr gut einen Augenblick lang der Ewigkeit nachspüren konnte – ob bei einem frischen Pils oder einem vorzüglichen Chardonnay.

Eine freundliche Dame war dabei, alle Tische und Stühle, die vom Regen nass geworden waren, mit einem strahlend hellblauen Handtuch abzutrocknen.
»Bitte setzen Sie sich doch. Kann ich Ihnen schon etwas bringen?«
Keiner hatte Lust auf Kaffee. Sie bestellten drei Himbeergeist.

Kapitel 5

Mal wieder Gladbacher Vertäll

Der Jochen Sauer un sinne komische Verein kritt janisch dat janze Erbe von der Lieven.«

»Näh, wirklisch?«

»Glaubet mir; isch weiset. Ming Schwiejertochter arbeitet doch beim Lenz ...«

Die beiden älteren Damen mit den blaugefärbten Haaren und den feinen Krokotäschchen standen vor dem Tresen der prominenten Gladbacher Konditorei Heinemann und unterhielten sich schamlos laut – was natürlich auch daran gelegen haben könnte, dass beide ein Hörgerät trugen.

Die große Frau mit dem auffälligen roten Kaschmirmantel und äußerst penetrantem Parfüm wühlte im Regal mit den bereits verpackten Champagnertrüffeln und hörte aufmerksam zu.

»Diese Düsseldorferin, die gerade innet Häussche am Geroweiher eingezogen ist, erbt ett ...«

»Näh, wirklisch?«

»Ja, stell dir dat ma vor. Ne völlisch Fremde.«

»Naja, da hat der Sauer aber trotzdem en juut Jeschäft jemacht. Er kritt ja die große Lieven-Villa.«

Gundula Gebber ließ eine Packung Edelbitter-Pralinen fallen.

Sie war geschockt. Henriette hatte das Haus am Geroweiher dieser kleinen Maassen vererbt? Das bedeutete, der Kaufvertrag mit Jochen Sauer würde nicht zustande kommen. Verdammt. Dass so ein kleines, unbedeutendes Rädchen wie diese blasse Maassen das gesamte Gebbersche Getriebe lahmlegen konnte ... unfassbar.

Sie hatte sie ja von Anfang nicht leiden können, schon vor ein paar Wochen bei der Vernissage nicht. Sie war auch viel zu dünn. Na gut. Sie würden sich etwas anderes einfallen lassen müssen. Diese Maassen war ein stures Etwas. Wenn ihr das Haus jetzt auch noch gehörte, würde sie es auf keinen Fall mehr verkaufen. Das dauerte jetzt alles viel zu lange. Auf Bruno konnte man sich in diesem Punkt nicht verlassen. Sie würden ihm die kleine Wohnung in Niederkassel, die er bereits so großzügig der Massen zum kostenlosen Wohnen angeboten hatte, doch nicht als Provision zukommen lassen. So einen Dämpfer hatte er wirklich verdient.

Gundula Gebber nahm einen Champagnertrüffel vom Probierteller und zerquetschte ihn zwischen ihren Fingern, an denen mehrere auffällig große, goldene Ringe steckten. Die Verkäuferin schaute leicht pikiert, sagte aber nichts, denn die Frau war eine ihrer besten Kundinnen.

Um 6.00 Uhr früh am darauffolgenden Montag klingelte ein korpulenter Mann in blauer Arbeitskluft und passender Baseballkappe an der Tür des kleinen Hauses am Geropark.
»Guten Morgen, gute Frau, Firma GG-Bau. Wir sollen uns um Ihre Rohre kümmern.«
»Ich dachte, das Badezimmer wäre schon fertig.«
»Nun, wir können ja noch gar nicht fertig sein. Wir waren ja noch gar nicht da! Außerdem sind wir ja auch nicht für die Badsanierung bestellt worden. Unter Ihrem Haus verlaufen uralte Wasserrohre, die höchstwahrscheinlich gebrochen sind. Die sollen wir komplett ersetzen.«
»Ach so? Sind Sie auch von Dr. Lenz beauftragt worden wie die anderen Handwerker letzte Woche?«
»Jaja, Dr. Lenz, natürlich ...«
»Dann kommen Sie herein. Was ist denn da los mit diesen Rohren?«
»Durch den Rohrbruch und die Unterspülung gibt es schon Absenkungen auf dem Gehweg. Deswegen ist auch schon die Stadt eingeschaltet worden. Der Gehweg muss dann später auch noch gemacht werden, wenn wir fertig sind.«
»Oje!«

Er zeigte mit dem Finger auf einige Grauwacke-Steine vor Willis Haustür, die in der Tat tiefer lagen als die anderen. Das war ihr vorher noch gar nicht aufgefallen. Willi sah kurz auf das Gutachten, das der Handwerker ihr gerade vor die Nase hielt.

»Können wir jetzt reinkommen? Wir müssen anfangen.«
»Ich habe eigentlich einen Termin und muss gleich weg. Wie lange werden diese Arbeiten denn dauern?«
Er lachte fröhlich, als ob sie einen Witz gemacht hätte. »Wir können nicht hexen. Bis heute Abend sind wir aber – vorausgesetzt natürlich, alles geht gut – mit dem Aufstemmen des Bodens fertig. Jedenfalls sind kaum Rohre zu verlegen, verstehen Sie? Ist ja kaum Grundfläche vorhanden in Ihrem winzigen Häuschen. Eine Toilette, ein Waschbecken, eine Dusche, ein Küchenabfluss, mehr haben Sie doch nicht an Abwasserleitungen. Da geht das zacki-zacki. Zugemacht wird dann morgen. Oder übermorgen.« Er überlegte einen Moment und fügte an: »Oder eben später.«
»Was heißt denn später? Das passt mir auch heute überhaupt nicht. Ich muss wirklich gleich weg.«
»Wir können natürlich auch nach den Sommerferien wiederkommen. Dann sind Sie aber verantwortlich, wenn der Gehweg in der Zwischenzeit durch die Unterspülung noch weiter absackt.«
Willi zog die Augenbrauen zusammen. »Nach den Sommerferien? Und wann wäre das?«
»Naja, Sie müssten im Büro anrufen und einen neuen Termin machen. Ich schätze, das wäre dann so Ende September. Vielleicht Anfang Oktober. Oder so.«
Oktober – das war erst in drei Monaten! Willi biss sich auf die Lippe.
»Und eine erneute Anfahrt kostet natürlich, verstehen Sie?«

Der Mann im hellblauen Overall winkte seinem pickeligen

Gehilfen, der einiges an Werkzeug und rote Haare trug. Das Werkzeug sah aus, als ob es jede Menge Getöse fabrizieren könnte. Der Pickelige grüßte kurz mit einem Kopfnicken und stellte das Werkzeug an die Wand im Eingang neben den hellblauen Schirm. Dann gingen die beiden zielstrebig auf die Küchenzeile zu und blieben vor der Kaffeemaschine stehen. Offensichtlich warteten sie darauf, dass Willi ihnen einen Kaffee zubereitet.

»Das heißt also, Sie müssen den Parkett-Fußboden kaputtmachen?«, fragte Willi, als sie den beiden ihre Kaffeebecher reichte.

»Haben Sie etwa Parkett im Keller?« Der korpulente Mann lachte herzhaft.

»Wieso Keller? Es gibt in diesem Haus gar keinen Keller.«

»Junge Frau, alle Häuser hier am Geroweiher haben einen Keller, weil alle nach dem Krieg auf alten Kellerresten wieder aufgebaut wurden.«

»Aber sehen Sie selbst. Ich habe nur drei Türen, eine Haustür, eine zum Bad, eine zur Terrasse. Keine Kellertür – also keinen Keller.«

»Ja, das sehe ich. Vielleicht wurde Ihr Keller ja zugeschüttet, das machte man schon mal, weil es oft nur ein kleiner Kriechkeller war. Aber es ist auf jeden Fall einer dagewesen, glauben Sie mir.«

Willi sah ihn entsetzt an.

Der Handwerker ahnte offensichtlich, warum, und sagte beruhigend: »Keine Sorge. Wir müssen ihn nicht wieder freischaufeln. Die Rohre werden sowieso neu verlegt. Aber dann

müssten wir natürlich doch Ihr Parkett rausnehmen. Jedenfalls teilweise.«
»Und wann werden Sie mit allem fertig sein? Das dauert doch bestimmt Wochen. Nicht, dass Sie heute alles aufschlagen und erst im September wiederkommen.«
Der korpulente Mann, der Meier hieß, lachte wieder. »Guter Witz, den merke ich mir.« Dann winkte er beschwichtigend ab. »Gehen Sie ruhig zu Ihrem Termin. Wir sind ja sowieso erstmal beschäftigt, sehen uns alles an und werden dabei eine Menge Krach machen. Dabei können wir Sie sowieso nicht gebrauchen.«
Er sah auf den Barcalounger. »Gut, dass Sie nicht noch weitere Möbel haben. Dann müssen wir wenigstens nicht so viel beiseite räumen. Wir sind ja oft schon mal die reinsten Möbelpacker. Die Leute sind wirklich ganz schön faul. Räumen nicht mal vorher selber die Möbel raus.«
Er sah sie vorwurfsvoll an.

»Na gut.« Willi seufzte und verzog sich ins Bad, um sich anzuziehen. Dann fuhr sie zum Nachlassgericht, wo um 8.30 Uhr Henriettes Testament eröffnet werden sollte. Sie war verwundert, eine Einladung bekommen zu haben und ahnte nichts Gutes. Sicher würde sie nun eine Miete zahlen müssen, wenn das Haus einen neuen Eigentümer hatte.

Sobald Willi aus dem Haus gegangen war, wurden die beiden Mitarbeiter der Firma GG-Bau merkwürdig aktiv. Der Teppich wurde eilig weggerollt, darunter war ein dunkles Eichenparkett. Meier strich leicht mit der Hand darüber. Jaja,

Eichenholz ist schon was Besonderes, das hält ewig, dachte er. Einmal abschleifen würde reichen, dann wird es wieder hübsch aussehen. Aber Meier wusste, dass sie das schöne Parkett weder beschädigen noch abschleifen mussten. Er war auch nicht überrascht über die deutlichen Umrisse einer Klappe im Boden, die etwa 1 x 2 Meter groß war und sich in der Mitte des Raumes befand. Er versuchte, die Klappe zu öffnen, aber natürlich waren die Scharniere vollkommen festgerostet. Die alte Eiche knirschte gewaltig, als die beiden Männer die Werkzeuge ansetzten. Dann gab es einen Knall, ein Scharnier sprang aus der Halterung. Der Pickelige ließ vor Schreck sein Stemmeisen auf den Boden fallen.

»Pass doch auf, du Trottel! Sei gefälligst vorsichtig mit dem Parkett! Wir müssen ja nicht mehr kaputt machen als unbedingt nötig.« Die Wut seines soeben durch die angelehnte Haustür hereinkommenden Chefs traf den Pickeligen mit voller Wucht. Er zuckte zusammen.
»Wie weit seid ihr?« Gerd Gebber, der ein legeres Freizeitoutfit trug, sah sich die Klappe an.
»Sie ist ja noch zu! Los, hochziehen, aber ein bißchen zackig.«

Die Holzklappe ließ sich jetzt problemlos hochziehen. Dann folgte ein weiterer Knall und die Klappe lag rücklinks auf dem Parkett. Ein dunkles Loch tat sich auf. Ein modriger Geruch nach verfaulten Eiern stieg nach oben, der niemandem Lust darauf machte, hinunterzusteigen.

»Los, geh du zuerst runter, Meier. Mach Fotos. Und Vorsicht.

Nicht, dass du dir den Kopf einschlägst. Dann muss ich das als Arbeitsunfall wieder zahlen, wenn du auf der faulen Haut liegst.«

Der korpulente Meier ging schwerfällig auf die Knie und riss sich dabei am kaputten Scharnier einen Ärmel auf.

»Mein Gott, Meier. Ungeschickt lässt grüßen. Los, geh runter, wir haben keine Zeit zu verlieren.«

Doch Meier blutete stark und machte einen bemitleidenswerten Eindruck.

Gerd Gebber rollte mit den Augen. »Na gut. Dann geh eben du.« Er hielt dem Pickeligen sein Handy hin. »Mach damit Fotos.«

Der rothaarige Gehilfe zeigte sich erstaunlich unerschrocken. Er steckte das Handy seines Chefs ein, setzte sich an den Rand der Klappe und leuchtete mit einer Taschenlampe nach unten. Die drei Männer konnten eine riesige Spinne beobachten, die die Flucht ergriff. Überall im Lichtkegel waren Spinnweben zu sehen. Der junge Mann wischte die Weben mit der Taschenlampe weg, passierte ohne Probleme die enge Luke, und stieg dann vorsichtig die zwölf schmalen Stufen hinunter. Der Lichtstrahl entfernte sich immer weiter. Gebber und Meier standen am Rand der Luke und sahen dem Licht nach. Es wurde wieder dunkel.

»Was ist los? Rede schon!«, rief Gebber nach unten.

Dann hörte man ein dünnes Stimmchen aus dem Dunkel: »Die Decke ist sehr niedrig, Chef. Ich kann hier nicht stehen.«

»Dann duck dich eben. Was siehst du?«

»Es ist nur ein einziger Raum, vielleicht 7 oder 8 Meter lang, mit einer gewölbten Decke in Tonnenform, die Wände und die Decke sind aus Stein. Sieht alles ganz schön alt aus, Chef.«
»Steht irgendwelcher Kram drin?«
»Nein, nichts. Der Raum ist komplett leer.«
»Siehst du Nischen oder Einbuchtungen?«
»Eine rechteckige Nische an der Längstseite. Ist alles genauso wie drüben im Färberwaid.«
Ein zufriedenes Grinsen machte sich in Gebbers Gesicht breit. Na bitte. Sie hatten es ja gewusst.
Er rief nach unten: »Sauber. Mach Fotos von allen Wänden und der Decke – am besten auch noch einen Film und komm dann wieder hoch.«
Gerd Gebber stand auf und klopfte sich den Staub von den Knien.

Klappe verdeckt

Als Willi zwei Stunden später von der Testamentseröffnung wieder nach Hause fuhr, war sie immer noch ziemlich geplättet.

Sie hatte es kaum glauben können, als sie es in einem unpersönlichen kargen Raum des Gerichts erfuhr. Henriette Lieven hatte ihr tatsächlich das kleine Haus am Geroweiher vermacht! Als Jochen Sauer das hörte, warf er ihr einen bösen Blick zu. Doch auch er bekam mehr als erwartet; es gab nämlich außer Henriettes Aktien und der Villa noch eine ganze

Reihe Depots, die Henriette wohl erst vor ein paar Monaten von ihrem Bruder geerbt hatte und die nun ebenfalls komplett Sauer und dem Verein zufielen. »Nichts für ungut.«, sagte er, als er sich mit einem Kopfnicken von Willi verabschiedete. Beim Hinausgehen überlegte er bereits, wie er einen Teil des Vermögens in seinen Privatbesitz bringen konnte.

Als Willi wieder nach Hause kam, wartete eine weitere Überraschung auf sie. In der Mitte des freigelegten Parketts konnte man deutlich eine Holzklappe erkennen, die rundherum von einer Art Bauzaun umgeben war. Das gesamte Konstrukt war zudem mit rot-weißem Absperrband beklebt.

»Was ist denn hier los?«
Die Handwerker standen mit Kaffeebechern an der Küchenzeile und sahen sie verständnislos an. »Keine Sorge, sieht schlimmer aus, als es ist. Wir sind schon mitten in den Arbeiten. Wie ich schon sagte; es gibt einen zugeschütteten Kellerraum.«
»Einen zugeschütteten Kellerraum?«
»Ja. Liegt Erde, Steine, Schutt drin. Was man eben damals so hatte, als das Haus nach dem Krieg auf dem alten Keller wieder aufgebaut wurde. Wie ich schon vermutet hatte.«
»Wow. Kann ich da mal hineinschauen?«
»Tut mir leid, junge Frau. Das geht nicht.«
»Warum denn nicht? Der Zugang ist doch jetzt offen.«
»Wir haben die Klappe abgesichert und mit einem speziellen Sicherheitsssystem aus Metallriegeln versehen. Das geht jetzt nicht mehr so einfach zu öffnen. Da darf nämlich jetzt

niemand ran. Sonst gibt es Probleme.«
»Was für Probleme?«
Herr Meier suchte offensichtlich nach Worten. »Mit der Stabilität und der Statik des ganzen Hauses, verstehen Sie?«
»Warum? Verstehe ich nicht. Was kann denn passieren?«
»Naja, das Haus könnte so instabil werden, dass es im schlimmsten Fall lauter Risse bekommt.«
Willi sah ihn entsetzt an.
Herr Meier fühlte sich motiviert, die Sache noch ein klein wenig dramatischer darzustellen.
»Ich sage mal: Einsturzgefahr.«
»Mein Gott.«
»Aber keine Sorge, wir kommen ja gleich morgen früh wieder, um alles abzustützen.« Dann legte er seine Stirn in Falten und sagte: »Während unserer Arbeiten darf aber niemand in den nächsten Tagen im Haus sein, verstehen Sie? Das ist ganz wichtig.«

Willi war zum zweiten Mal an diesem Tag ziemlich geschockt. Die beiden Handwerker schienen zufrieden abzuziehen, verließen das Haus, stiegen in ihren Firmenwagen und fuhren dann in ihre wohlverdiente Mittagspause.

Henriettes Schreibtisch

Zur etwa gleichen Zeit saß Kellermann an seinem Schreibtisch und raufte sich die Haare. Er war seit Henriettes Beerdigung nicht mehr aus dem Keller heraus gekommen, hatte sich

nicht rasiert und sah schlimm aus. Auf seinem Schreibtisch stapelten sich jede Menge leere Kaffeebecher.
Die Ermittlungswand war ähnlich zugewachsen wie sein Gesicht. Rote Pfeile deuteten kreuz und quer von Fotos verschiedener Personen auf bestimmte Daten und Ereignisse, ein chaotisches Knäuel, in dem sich die Protagonisten verstrickt hatten, die er hinzugefügt hatte. Aber er war nahezu durch. Er musste jetzt nur noch einmal in Henriettes Sachen herumwühlen. Obwohl er versucht hatte, genau das zu vermeiden. Aber dort würde er die jetzt noch fehlenden Informationen finden. Er musste noch einmal Jupp um Hilfe bitten.

Als er in den Garten trat, blendete ihn die Sonne wie einen Mauwurf, der lange Zeit kein Licht gesehen hat.
»Jupp ... ja, ich bin's ... ich stecke grade fest. Ohne deine Hilfe komme ich nicht so recht weiter ... lach nicht ... mir ist nicht nach Lachen zumute ... ja, macht nichts ... also, deine Schwester hat doch öfter bei Henriette geputzt ... könntest du sie mal fragen, ob sie vielleicht noch einen Schlüssel zur Villa hat? Ich muss mir dringend das Notebook ansehen, bevor die Erben alles auf den Kopf stellen ... ja, die Sache ist natürlich nicht ganz legal ... danke, Jupp.«

Auf dem Weg zu Henriettes Villa erzählte Kellermann seinem Freund von der Sache mit dem falschen Bodengutachten. Und nur ein paar Minuten später öffnete Kellermann bereits das Notebook, das auf Henriettes Palisander-Schreibtisch lag. Kurz darauf hatte er nach nur wenigen Versuchen das richtige Passwort herausgefunden. Kellermann atmete tief durch. Er

hatte das Gefühl, dass jetzt ordentlich Tempo in die Sache kommen würde.
»Knaeuel ... Knauel ist das Passwort, Jupp. Ganz einfach. Was sonst?«
»Respekt, Klaus. Du kanntest sie eben ziemlich gut.«
»Dann wollen wir mal sehen ... aha ... fünf Mails ans Altlastenkataster an eine Wanda Weber-Knecht ... die wiegelt ab, bleibt aber unverbindlich und höflich ... will sich um die Sache kümmern. Dann reißt der Kontakt ab. Die letzte Mail von Henriette ist vom 15. Mai. Danach keine Antwort des Altlastenkatasters mehr. Hm. Gib doch mal das Handy. Ich will die letzten Anrufe checken.«

Kellermann gab als Pin Henriettes Glückszahlen ein. Auch das war richtig.
»Am 19. Mai, also dem Tag, als sie niedergeschlagen wurde, hat sie zwei Gespräche geführt. Die erste Nummer hat sie sogar vorher schon als Kontakt eingetragen. Der Name erscheint auf dem Display in der Liste der Anrufer. »
»Wer ist es?«
»Tja, du wirst es nicht glauben. Es ist Gundula Gebber.«
»Gundula Gebber? Ist das nicht die Frau vom Bauunternehmer?«
»Exakt.«
»Was hat die denn mit Henriette zu tun?«
»Mensch, Jupp . Die falschen Bodengutachten. Die Sanierung. Und wer führt eine Sanierung aus? Ein Bauunternehmer natürlich. Du hast es eben selber gesagt; Gundula Gebbers Mann ist Bauunternehmer. Henriette war vielleicht auf seiner Spur! Lass uns checken, ob wirklich er es war, der die Sanierung

durchgeführt hat. Steht sicher auf der Homepage der Stadt.«

Kellermann rief die Seite auf. Tatsächlich, alle Sanierungen der letzten Zeit und auch die in der unmittelbaren Zukunft waren detailliert beschrieben. »Aha, schau mal an. Hier steht, welche Landschaftsarchitekten den Zuschlag für die Umgestaltung bekommen haben. Und wen sie als Baufirma zur Durchführung der Arbeiten mit ins Boot geholt haben: eine Firma GG-Bau aus Mönchengladbach. Und die gehört Gerd Gebber.«

Jupp stieß einen Pfiff aus.

»Und nicht nur das. Schau mal.« Kellermann beugte sich tief über das Display. »Das Bodengutachten hat eine Firma Aludung GmbH erstellt. Das stand zwar auch auf dem Wisch, den ich mir angesehen hatte, war mir aber erst nicht weiter aufgefallen.«

»Aludung? Komischer Name. Noch nie gehört. Klingt wie Sondermüll vom Bauernhof.««

Kellermann lachte. »Stimmt. Aber dreh es mal um. Aludung, Jupp.«

»Aludung ... Aludung ... Gundula?«

»Wenn man so extrovertiert ist wie die Gebbers, kreist man eben immer um sich selbst. Bescheuerter Name, oder? Ja. Eine Firma von Gundula Gebber hat das Gutachten erstellt.«

»Und warum hat das ihr Mann nicht auch gleich übernommen? Warum der Umstand?«

»Das hätte wohl zu einem offensichtlichen Interessenkonflikt geführt. Mit zwei Firmen dieser Art in unterschiedlichen Händen aus derselben Familie kann man eine Menge mauscheln.«

Jupp Jessen nickte. »Nicht zu fassen. Da haben sie ja ordentlich verdient.«

Kellermann nickte. »Es geht letztlich immer ums Geld. Die Gebbers haben sowohl das Gutachten erstellt, als auch die Sanierung durchgeführt.«

»Aber warum das falsche Gutachten?«

»Ja, das zu erklären ist nicht so einfach. Die Sache könnte natürlich so eine krumme Sache sein, die von jemandem bei der Stadt initiiert worden ist. Eine Schmiergeldaffaire. Irgend so etwas.«

»Und warum? Wer hätte etwas davon?«

»Wenn herausgekommen wäre, dass jede Menge kontaminierter Boden im Park ausgetauscht werden muss, wäre aus der schönen Sanierung sicher erstmal nichts geworden. Es geht ja auch immer um Wählerstimmen. Die Stadt ist pleite, auch wenn sie momentan boomt.«

»Und die Gebbers hätten nichts verdient, wenn aus der Sanierung nichts geworden wäre.«

»Stimmt. Sie haben mit dem falschen Gutachten also sowieso erstmal doppelt abgesahnt.«

Kellermann zog die Stirn in Falten. »Aber es könnte auch noch ein vollkommen anderes Motiv der beiden dafür existieren, ein falsches Bodengutachten zu erstellen. Eines, an das man zunächst gar nicht denkt. Ich kann mir nämlich ehrlich gesagt nicht vorstellen, dass eine der schläfrigen Rathausmaden zusammen mit den Gebbers so ein kriminelles Ding durchzieht.«

»Sondern?«

»Was würde wohl mit dem Wert der umliegenden Immobilien passieren, wenn urplötzlich durch ein alarmierendes

Gutachten bekannt würde, dass der Boden des direkt davor liegenden Parks mit Altlasten einer Fabrik verseucht ist?«

»Das gäbe erstmal einen ganz schönen Aufschrei.«

»Und dann?«

»Und dann wären genau diese Immobilien auf einen Schlag weniger wert.«

»Ganz genau. Und das hat mir gerade einen anderen Gedanken ins Hirn gepflanzt.«

»Na los, Klaus, erzähl schon.«

»Henriette hatte mir erzählt, dass sie von einem Ehepaar aus Mönchengladbach zum Verkauf des kleinen Hauses am Geroweiher gedrängt wurde.«

»So? Das kann ich mir kaum vorstellen. Das kleine Haus ist ja ganz niedlich. Ich kann auch verstehen, dass die junge Frau sich dort wohl fühlt. Aber ehrlich gesagt, ist es doch keinen Pfifferling wert. Viel zu klein und dann praktisch kein Grundstück.«

»Ich habe lange überlegt, wer das wohl war. Henriette hat sich da nämlich ziemlich kryptisch ausgedrückt. Und dann habe ich zufälligerweise auf der Beerdigung mitangehört, dass Gundula Gebber Jochen Sauer auf das Haus angesprochen hat. Die beiden haben offensichtlich darüber geredet, ob er damit einverstanden ist, das kleine Haus an die Gebbers zu verkaufen. Verstehst du, Jupp? Sie waren es, die Henriette bedrängt haben! Aber Henriette konnte man nicht so leicht zu irgendetwas überreden. Sie war ein absoluter Sturkopf. Ich glaube, dass sie sogar zunächst nicht abgeneigt war, das Häuschen wieder loszuwerden. Aber dann hat sie es sich anders überlegt.«

»Und warum so plötzlich?«

Kellermann spielte mit einem silbernen Kugelschreiber, der auf dem Schreibtisch lag. »Tja. Henriette ging es nicht ums Geld. Es ist ein Aspekt hinzugekommen, über den ich noch nicht sprechen darf. Auch mit dir nicht. Ich denke, sie wollte es dann gar nicht mehr verkaufen. Und das hat den Gebbers nicht gefallen. Jetzt, wo sie tot ist, haben sie bei Jochen Sauer ein wesentlich leichteres Spiel.«

»Jochen Sauer? Warum er? Was hat der damit zu tun?«

»Ach Jupp. Das weiß in Gladbach doch jeder. Du hast es bestimmt auch irgendwo irgendwann einmal gehört. Henriette hat seinen Verein als Alleinerben eingesetzt. Das kleine Haus und die Villa natürlich gehört nach ihrem Tod ihm. Gladbacher Vertäll, mein Lieber.«

»Also, wer was von wem erbt ... das ist mir völlig egal. Habe ich sicher irgendwo mal aufgeschnappt, aber wieder vergessen.«

»Ich auch, Jupp. Ich auch.«

»Aber warum wollen die Gebbers ausgerechnet das kleine Haus kaufen? Warum nicht gleich die Villa, wenn sie schon durch Henriettes Tod die Möglichkeit dazu bekommen? Dieses unscheinbare kleine Haus ... das passt doch gar nicht zu denen.«

Kellermann ging zum Fenster und sah in den parkähnlichen Garten, in dem immer noch die alte Schaukel stand, die er noch aus seiner Kindheit kannte. Jetzt war sie total verrostet. Er überlegte, warum Henriette sie behalten hatte.

»Ja, die kleinen Dinge ...«, seufzte er, »allein oft unwesentlich für den Verlauf einer Geschichte. Aber zusammen sind sie stark. »

»Was meinst du damit?«

Er wendete sich vom Fenster ab. »Gleich nach Henriettes Beerdigung habe ich in diese Richtung recherchiert, obwohl ich noch keinen Zusammenhang mit dem Gutachten gesehen habe, Jupp. Ich fand heraus, dass die Gebbers schon seit einigen Jahren Häuser in der unmittelbaren Nachbarschaft des Geroweihers erworben haben. Und genau das scheint das verbindende Glied zu sein.«

»Das ist ja ein Ding.«

»Sie besitzen schon acht Häuser in der Gegend. Und noch etwas hat mich stutzig gemacht.«

»Was denn?«

»Alle Häuser, die sie gekauft haben, sind alt. Oder auf alten Kellerresten wieder aufgebaut. Die neueren Häuser, die dazwischen stehen, haben sie nicht interessiert.«

»Eigenartig.«

»Ja. Den Grund dafür weiß ich nicht.« Kellermann sah seinen Freund mit durchdringender Schärfe an. »Noch nicht, Jupp. Noch nicht.«

Jupp Jessen nickte stumm.

»Jedenfalls wussten die Gebbers sicherlich auch davon, dass das kleine Haus nach Henriettes Tod an Jochen Sauer fällt. Sie hatten also durchaus ein Motiv, sie loszuwerden.«

»Henriette Lieven könnte also tatsächlich absichtlich niedergeschlagen worden sein. Ich habe ja eigentlich die ganze Zeit nicht daran geglaubt.«

»Ich weiß, Jupp. Das macht nichts. Man ist eben oft auf der falschen Spur. Ganz normal.«

»Also du meinst, die Gebbers haben Henriette umgebracht?«
»Sieht ganz so aus, Jupp.«
»Dann holen wir sie uns, oder?«
»Nicht so schnell. Wir kriegen sie, wenn sie es waren, das ist sicher. Sie werden dafür bezahlen. Aber wir brauchen natürlich eindeutige Beweise.«

Kellermann durchstöberte mit konzentriertem Blick Henriettes Fotodatei auf dem Handy. »Ich muss noch etwas anderes kontrollieren ... ah, hier ist es.«
»Was suchst du denn?«
»Das Foto des Gutachtens. Henriette hatte damals ein Foto davon gemacht. So hat es Treskens Enkelin jedenfalls erzählt.«

»Und wozu brauchst du das noch? Wir wissen doch, dass es höchstwahrscheinlich falsch ist. Und wer es fabriziert hat.«
»Das Foto hatte ich ja schon selber, Jupp. Treskens Nichte hat es für mich gemacht. Ich hatte ihr gesagt, sie soll genau dasselbe fotografieren, was Henriette damals in ihrem Büro fotografiert hat.«
»Aha? Aber warum musst du es in Henriettes Fotos suchen?«
»Das Foto des Gutachtens hängt seit langem an meiner Ermittlungswand. Ich wollte nur kontrollieren, ob es wirklich genau das war, was Henriette gesehen und fotografiert hat. Es geht mir jetzt nicht um das Gutachten, sondern ausschließlich um einen mysteriösen kleinen Notizzettel, der am Gutachten klebte. Jemand hat ihn mit einer handschriftlichen Anmerkung versehen und dann vergessen, ihn zu entfernen. Das Gutachten ist dann zusammen mit dem kleinen Zettel daran

wieder in der offiziellen Akte verschwunden. Und Henriette hat diesen Zettel ebenfalls gesehen, das beweist das Foto in ihrem Handy. Es ist noch jemand in die ganze Sache verwickelt, den wir noch gar nicht auf dem Schirm haben, Jupp. Der Zettelschreiber nämlich.«

Kellermann zeigte Jupp den kleinen gelben Haftnotizzettel und vergrößerte den Ausschnitt mit zwei Fingern. Jupp sah ihn sich genau an. »Wer hat ihn denn geschrieben? Und warum?« Dann las er vor: »Bleikontamination durch Rohre und Metallteile unserer Fabrik.«

Kellermann sah überrascht auf. »Mensch Jupp. Große Klasse.«

Jupp strahlte, wusste aber nicht so genau, was sein Freund meinte.

»Du hast es tatsächlich geschafft, ihn zu entziffern! Ich habe seit Tagen herumgerätselt und bin trotzdem nicht draufgekommen! Metallteile und Rohre unserer Fabrik ... na klar!«

»Wer hat das geschrieben?«

»Da ist jemand schon vor Henriette der Spur des falschen Gutachtens nachgegangen. Er oder sie schreibt ›unsere Fabrik‹, Jupp! Es ist jemand aus der Familie Lieven. Und zwar nicht Henriette.«

»Jemand von den Lievens? Da gibt es doch niemanden mehr.«

»Aber bis vor ein paar Monaten gab es noch jemanden.«

»Wen denn?«

»Na, Henriettes Bruder Leonard!«

Kellermann schlug mit der Faust auf den Schreibtisch und die Glaslampe klirrte.

»Das Knäuel löst sich, Jupp! Es war Leonard, der Henriette überhaupt auf diese Spur gebracht hat. Er wusste von der zerstörten Fabrik, hat aber nicht weiter darüber nachgedacht. Wie das mit alten Familiengeschichten eben so ist. Man hört sie an, aber man denkt nicht weiter drüber nach. Sie sind längst vorbei. Sie sind kein Teil des eigenen Lebens mehr, Jupp.«

Jupp nickte.

»Als die Diskussion um die Sanierung des Geroweihers entbrannte, ist er plötzlich auf den Trichter gekommen, dass da mit dem Boden etwas faul sein könnte. Er hat vielleicht alte Privatfotos der Ruine mit all den Metallresten und Bleirohren gesehen. Er hat sich klar gemacht, dass der ganze Schutt damals einfach mit Erde bedeckt wurde. Er hat das Original des Gutachtens eingesehen, seine Gedanken auf dem Haftnotizzettel festgehalten.«

»Und dann hat er Henriette davon erzählt.«

»Genau. Als er sicher war, dass an seiner bösen Ahnung etwas dran sein könnte. Aber er ist nicht mehr dazu gekommen, ihr das Gutachten zu zeigen. Sicher hat er auch eine Kopie oder ein Foto gemacht. Aber Henriette hat es nicht von ihm bekommen, sonst hätte sie nicht selber Treskens Enkelin darauf ansprechen müssen.« Kellermann fuhr mit hochgezogenen Augenbrauen fort. »Das ist nämlich nicht besonders angenehm. Also mit Tresken oder ihrer Enkelin zu sprechen. Das macht man nur, wenn es unbedingt sein muss.«

»Hm. Das ist wahr. Und warum ist er nicht mehr dazu gekommen, es Henriette zu zeigen?«

Er beantwortete sich die Frage selber: »Weil er Anfang März von seinem Balkon gestürzt und tödlich verunglückt ist ... »

»Ja, Jupp, so sieht es aus. Und wieder ein sehr seltsames Timing für einen tödlichen Unfall. Bei Leonard wie bei Henriette.«

Beide schwiegen. Der Verdacht wog schwer und legte sich auf beider Gemüter wie ein Antibiotikum auf die Magenschleimhaut.
»Lass uns gehen. Ich habe genug gesehen. Wir brauchen jetzt frische Luft.«

Kellermann war froh, dass Jupp offenbar vergessen hatte, ihn nach dem zweiten Anrufer zu fragen, mit dem Henriette am 19. Mai gesprochen hatte. Er hatte die Nummer sofort erkannt. Es war eine Düsseldorfer Festnetznummer. Er hatte sie schon vor ein paar Wochen notiert, als er seine Ermittlung für Henriette startete. Es war die Nummer von Maria Maassen, Willis Mutter. Es wurde wirklich langsam Zeit, dieses ganz besondere Knäuel zu lösen. Es war längst überfällig. Er würde Maria Maassen anrufen und die Sache endlich anstossen. Das konnte Henriette ihm wirklich nicht übel nehmen.

Kapitel 6

Abteirauschen

Oh, tut mir leid, mein Herr ... ach Jupp, das bist ja du!«
»Karl! Schön, dich zu sehen.«
Jupp Jessen und der Professor waren auf dem Bürgersteig aneinander gerumpelt.
»Wollen wir nicht die unverhoffte Gelegenheit unseres Zusammentreffens nutzen, und gemeinsam einen leckeren Happen essen gehen? Du kannst mir erzählen, was es so Neues gibt und wir könnten dabei ein gutes Mahl zu uns nehmen. Vielleicht in einem der hübschen Bistros an der Weiherstraße?«

Kurze Zeit später saßen die beiden draußen vor Mike`s Bistro am Abteiberg, einem kleinen und feinen Treffpunkt für Geniesser. Der Juniabend war lau, die ersten Hortensien, die rund um die romantische Außenterrasse gepflanzt waren, blüten üppig hellrosa und weiß.

»Wir hätten Frau Maassen fragen sollen, ob sie mitkommen möchte. Sie wohnt doch nur ein paar Schritte von hier entfernt.«
»Klaus hat sie für einige Tage zu ihrer Mutter geschickt. Aus Sicherheitsgründen.«
»Ach so? Das ist schade. Sie muss hier unbedingt einmal die wunderbaren Saucen probieren. Einfach köstlich.«

Da hatte der Professor absolut recht. Und nicht nur die Saucen waren nicht zu verachten. Hier essen zu gehen, war für die Genießer unter den Gladbachern wie Urlaub und Heimatrauschen zusammen. Und das direkt unter der alten Abtei, am Fuße der Münsterkirche, direkt am Abteiberg und am Geropark. Mehr romantische Stimmung geht nicht.

Die Chefin des Bistros kam mit allerlei vielversprechenden Weinflaschen auf die vollbesetzte Terrasse und begrüßte Jupp Jessen und den Professor herzlich, während ihr Mann in der offenen Küche mit allerlei köstlichen Zutaten hantierte und gerade ein paar Garnelen in der Pfanne brutzeln ließ, die in einer seiner berühmten Saucen landen würden.

Während sie den Wein probierten, erzählte Jupp dem Professor ausführlich, was er heute Mittag so alles erfahren hatte, als er mit Klaus auf Henriettes Schreibtisch herumgewühlt hatte.
»Das ist ja alles wirklich unfassbar, Jupp. Gehört dieses Haus hier etwa auch den Gebbers?«
»Nein, das gehört uns.« Die Chefin des Bistros hatte sich an den Tisch gestellt und schenkte vom Grauburgunder nach.
»Aber diese Gundula Gebber hat tatsächlich schon versucht, es uns abzukaufen. Das ist allerdings schon ein paar Jahre her. Und sie wollte unbedingt wissen, ob wir einen Gewölbekeller haben.«
»Komisch. Und; habt ihr einen?«
»Haben wir. Die Sache war wirklich merkwürdig. Ein paar Tage davor ist nämlich ein paar Meter weiter unten am Abteiberg die Erde abgesackt. Anscheinend war wohl dort einmal

der Ausgang eines Ganges.«
»Ein Gang?«
»Ja, ein unterirdischer Gang, der von der Abtei hier herunter führte.«
»Ein unterirdischer Gang unter der Abtei?« Der Professor riss die Augen auf. »Aber natürlich – warum bin ich nicht selbst drauf gekommen?« Er schlug sich vor die Stirn. »So ein Fluchtweg unter Abteien war schließlich gängige Praxis! Mein Gott. Und seine Existenz deutet darauf hin, dass es weitere Geheimgänge, Zuwegungen, unterirdische Räume gibt. Wo ist dieser Ausgang? Kann man sich das einmal ansehen?«
»Nein, das Loch wurde wieder verschlossen.«
»Weißt du noch, wer die Arbeiten ausgeführt hat?«, fragte Jupp, der ebenfalls hellhörig geworden war.
»Ja, ich glaube, es war ein Bauunternehmen von Gerd Gebber.«
»Ist nicht wahr ...«

Während Jupp und der Professor draußen am Abteiberg schlemmten, befand sich Klaus Kellermann drinnen im Abteiberg; und zwar im kleinen Gewölbekeller vom Färberwaid.

Er saß in der Hocke, in der einen Hand eine Lupe, in der anderen eine starke Taschenlampe und untersuchte alle Steinwände des Raumes sehr genau. Am Kopfende war ihm eine dunklere Stelle aufgefallen; zwar waren dieselben Steine verwendet worden, jedoch das Material der Fugen war ein anderes. Er kratzte daran. Dann klopfte er mit einem kleinen Hammer an die Mauer. Der dumpfe Ton ließ darauf schließen, dass die Mauer an dieser Stelle hohl war. Und es sah aus, als hätte jemand den Hohlraum geöffnet und dann mit den alten Steinen wieder zugemauert, weshalb die Fugen aus einem anderen Material waren als die des restlichen Raumes.

Das saure Geheimnis

Die Nacht in ihrem alten Kinderzimmer in Lörick war unbequem in jeglicher Hinsicht. Willi ärgerte sich, dass sie auf Kellermann gehört und ihm versprochen hatte, zu ihrer eigenen Sicherheit ein paar Tage bei ihrer Mutter zu verbringen. Sie konnte schließlich auf sich selber aufpassen. Eigentlich hatte sie auch nur ihm zuliebe zugestimmt. Und natürlich, weil sie während der Sanierungarbeiten im kleinen Haus am Geroweiher sowieso nicht anwesend sein durfte. Es war also – wenn man so wollte – eine Art fauler Kompromiss.

Ihre Mutter hatte irgendwie komisch reagiert, als Willi zur Haustür hereinkam, sie wirkte fahrig, nicht so erfreut wie sonst. Offenbar hatte Kellermann kurz vorher noch mit ihr telefoniert und ihren Besuch angekündigt. Beim Frühstück kam dann der Hammer, den sie nicht erwartet hatte.

»Ein bildhübscher Mann, nicht wahr?«
Maria Maassen hielt ihrer Tochter den Brötchenkorb hin, in dem das Foto eines jungen Mannes lag, der Willi irgendwie bekannt vorkam.
»Wer ist das?«
»Das ist Leonard Lieven.«

»Henriette Lievens Bruder? Warum hast du ein Foto von ihm? Du hast die Familie also doch gekannt. Aber warum hast du mir das nicht erzählt?«
»Er war bildhübsch, nicht wahr? Und ich auch. Aber was nützt das letztendlich, mir hat es jedenfalls nichts genützt.« Sie seufzte.
»Was willst du damit sagen?«
»Ich war das Hausmädchen der Lievens in den 70er Jahren.«

»Ach, du meine Güte. Warum hast du mir das nicht früher erzählt? Ich hatte dich doch nach Henriette Lieven gefragt?« Willi kniff die Augen zusammen und die Steilfalte zwischen den Augen wurde tief. »Dann wusste Frau Lieven ja auch, dass ich die Tochter ihres alten Hausmädchens bin. Und warum hat sie nichts erzählt? Warum habt ihr beide so ein Geheimnis daraus gemacht?«
»Es ist so lange her. Ich habe diese Zeit einfach vergessen.«
»Sag bloß, du warst es, die im kleinen Haus am Geroweiher gewohnt hat?«
»Ja. Das war ich.«
»Wow. Nicht zu fassen. Ich wohne in dem Haus, in dem auch meine Mutter schon gewohnt hat. Ohne es mir zu erzählen!«

Willi trank einen großen Schluck Kaffee. Er schmeckte bitter. »Heißt das, dass du es warst, die mit diesem Leonard Lieven eine Liebesbeziehung hatte?«
»Ja.«
»Dann war er deinetwegen so unglücklich? Er hat dieses Häuschen jahrzehntelang leerstehen lassen!«

»Ja, das war dann wohl so. Das wusste ich aber nicht. Ich habe seit damals nie wieder mit ihm gesprochen.«
Ihr dünnes Stimmchen klang jetzt so wie das eines jungen Mädchens. »Ich war gerade 20 damals ... sowieso viel zu jung.« Sie strich über die Fensterbank. »Wir haben uns eben einfach verliebt.«
»Und dann?« Willi schnappte nach Luft.
»Seine Eltern fanden mich nicht standesgemäß. Sie hatten jemand anderen für ihn ausgesucht. Die hat er dann aber nicht gewollt.«
»Das gibt es doch nicht! Warum hast du das niemals erzählt?«
»Tja, ich erzähle es dir ja jetzt. Genauso war es eben. Sein Vater war sehr streng und hat verlangt, dass ich sofort gehe.«

Willi starrte auf das Foto. Die wilden Locken, die Steilfalte zwischen den Augen – auch ihr kam das alles verdammt bekannt vor – genau wie Henriette vor ein paar Wochen. Sie dachte an die alte, vergilbte Zeitung, die sie im kleinen Haus gefunden hatte. Wie war nochmal das Datum auf der Zeitung? Oktober 1978?
»Und wann genau war das Ganze eigentlich? Und wann bist du gegangen?«
»Das war im Sommer 1978. Im Herbst bin ich dann gegangen.«
Das war einige Monate vor ihrer eigenen Geburt. Der sich aufdrängende Gedanke ließ Willi die Nackenhaare hochstehen.

»Warst du schwanger? Solltest du deshalb gehen?«
Maria Maassen nickte lahm und ohne ein Wort zu sagen.

»Leonard Lieven ist also mein Vater?«

»Ja.«

Das erklärte einiges. Es erklärte zum Beispiel das ständige Gefühl, nicht dazuzugehören, ihrem Vater nicht auszureichen, nicht geliebt zu werden. Eine nie gekannte Aggression stieg in Willi auf. Am liebsten hätte sie ihrer Mutter ins Gesicht geschlagen.

»Hat Papa das gewusst, als er dich geheiratet hat? War er deshalb immer so kühl mir gegenüber?«

»Das bildest du dir ein, Kind. Du hattest eine so schöne Kindheit.«

»Wusste er es?«

»Ja, natürlich. Ich bin doch keine Lügnerin.«

Natürlich nicht.

»Und Leonard Lieven? Wusste er es?«

Ihre Mutter fing an, den Tisch abzuräumen.

Das war zuviel. Willi verließ den Raum. Jedes weitere Wort hätte sie in die Gefahr gebracht, ihrer Mutter einmal so richtig die Meinung zu geigen, sie dermaßen anzuschreien, dass sie im Sturm der Entrüstung davonfliegt. Oder ihr zumindest einmal gehörig die viel zu hart aufgebackenen Brötchen um die Ohren zu schlagen. Keine 10 Minuten später saß Willi Maassen samt komplett gepackter Reisetasche in ihrem Auto und fuhr wieder Richtung Gladbach. Es würde ziemlich lange dauern, bis sie ihre Mutter wiedersehen wollte. Sie hatte Lörick in kurzer Zeit bereits weit hinter sich gelassen.

I

Als Willi am kleinen Haus am Geroweiher ankam, stand der Wagen von GG-Bau vor der Tür. Die Handwerker waren also schon bei der Arbeit. Gut, dass sie gestern ihren Haustürschlüssel unter die Fußmatte gelegt hatte, bevor sie nach Lörick gefahren war. So konnten die Arbeiten heute Morgen ungehindert und zügig weitergehen. Sie würde kurz bei den Handwerkern vorbeischauen und dann einen langen Spaziergang machen, um über das Gespräch mit ihrer Mutter nachzudenken.

Die Tür war angelehnt, sie ging hinein, doch kein Handwerker war zu sehen. Von irgendwoher hörte sie Stimmen. Als sie auf die Mitte des Raumes zuging, bemerkte sie, dass die Holzklappe geöffnet war. Hinter dem rot-weißen Absperrband befand sich ein sehr tiefes Loch. Der Keller war gar nicht zugeschüttet! Warum hatten die Handwerker gelogen?

Die Stimmen kamen von unten.
»Hier muss es sein, Meier. Die Fugen haben eine ganz andere Farbe als an der restlichen Wand. Klopf nochmal.«
Geklopfe.
»Nimm die Steine raus, aber schön vorsichtig.«
Stille. Dann fielen Steine auf den Boden.
»Mensch, pass doch auf, du Trottel!«
Wieder Stille.
Dann ein seeliges » ...aaahhh ... oooohhhh ...«
und » ...los, her damit ... und jetzt tschüssikowski ...«

Dann eilige Schritte mehrerer Personen in Richtung der geöffneten Klappe. Willi erschrak. Es war besser, wenn sie nicht gesehen wurde. Hier war etwas oberfaul!

Sie rannte ins Badezimmer, den einzigen Raum, in dem es überhaupt möglich war, sich zu verstecken, weil er eine Tür besaß. Durch den Türspalt beobachtete sie den korpulenten Meier und seinen pickeligen Gehilfen, die aus dem Loch herausstiegen. Sie gingen zur Haustür und verschwanden. Willi wartete noch eine Weile hinter der Tür, bevor sie sich traute, herauszukommen und aus dem Fenster zu schauen. Der Wagen von GG-Bau war nicht mehr zu sehen. Willi ging mit schnellen Schritten zur Bodenklappe – die Handwerker hatten sie offen gelassen – und stieg die steilen Stufen hinunter. Was würde sie dort im Keller vorfinden? Was war dort unten los?

Zunächst einmal war es unten gar nicht so dunkel, wie sie gedacht hatte. In einer Ecke stand eine angeschaltete Baulampe, die eine Wand beleuchtete, in die ein Loch geschlagen worden war. Dann erst bemerkte sie den Mann, der in der Ecke stand. Ein furchtbarer Schreck durchfuhr sie. Der Mann hielt einen geöffneten Leinensack in der Hand und starrte sie ebenfalls an. Sie kannte ihn. Es war Gerd Gebber! Sie schaffte es nicht mehr, wegzulaufen.

2

Nachdem Willis Mutter Klaus Kellermann telefonisch mitgeteilt hatte, dass ihre Tochter ziemlich schockiert von der unglaublichen Nachricht sogleich wieder nach Gladbach zurückgekehrt sei, war er alarmiert. Er setzte sich auf sein Fahrrad und fuhr sofort los. Sie war eindeutig in Gefahr, erst recht, weil sie ja die rechtmäßige Eigentümerin des kleinen Hauses war, die bestimmt nicht an die Gebbers vekaufen wollte. Es waren bereits zwei Menschen deswegen gestorben!

Nur wenige Minuten später kam Kellermann völlig verschwitzt und mit rotem Gesicht am kleinen Haus an. Die Haustür war angelehnt. Der alte Kommissar zog seine Waffe aus der Tasche und ging auf leisen Sohlen hinein. Im Haus war es absolut still. Alles schien unauffällig, nur das riesige Loch, das da in der Mitte des Bodens klaffte, deutete darauf hin, dass hier etwas ganz und gar nicht stimmte. Kellermann steckte die Waffe in den Gürtelbund und stieg hinunter. Dann wurde ihm schwarz vor Augen ...

3

»Ja, wen haben wir denn da? Den pensionierten Kommissar ...« Gebber lachte böse.
Kellermann rieb sich den schmerzenden Hinterkopf, als er wieder zu sich kam. Er lag im Staub und hustete. Die Schmerzen wurden von der Wut verdrängt, dass Gebber es

tatsächlich geschafft hatte, ihm einen Schlag zu versetzen und ihm seine Waffe abzunehmen.

»Ja, so kann es gehen ...« Gebber hielt die Pistole auf Kellermann gerichtet und grinste fies. »Jedem das, was er verdient. Wir jedenfalls haben nun endlich gefunden, wonach wir so lange gesucht haben. Aber Sie und diese Kleine hier werden das wohl niemandem mehr erzählen können.«
Er deutete auf Willi, die bewusstlos am Boden lag. Kellermann versuchte, ihren Puls zu fühlen, doch Gebber versetzte ihm einen Tritt.

»Sie werden doch nicht zwei weitere Morde riskieren, Gebber? Damit kommen Sie niemals durch.«
»Wieso zwei weitere? Und womit sollte ich nicht durchkommen?«
»Die Wahrheit kommt immer ans Tageslicht.«
»Da wäre ich an Ihrer Stelle gar nicht so sicher.«
Gerd Gebber lachte.
»Sie haben Leonard Lieven ermordet ...«
»Sie wissen davon? Oho, der Herr Ermittler. Das hätte ich Ihnen gar nicht zugetraut. Naja, ein Mord war es auch eigentlich gar nicht.«
»Daran war der alte Lieven wirklich selber schuld ...«, fügte Gundula Gebber süffisant an, die in diesem Moment in einem roten Sommerkleid die Treppe hinuntergestiegen kam.
»Er war einfach zu halsstarrig. Er hat uns wirklich Nerven gekostet, der alte Sack. Er hat uns zwar im Laufe der Jahre auch schon einige Häuser verkauft, aber ausgerechnet diese kleine

Bruchbude wollte er unbedingt behalten. Faselte irgendwas von »schönen Erinnerungen« oder so. Ich habe nach allen Regeln der Kunst versucht, ihn von einem Verkauf zu überzeugen, aber – nichts zu machen!«

Der Bauunternehmer riss Kellermanns Arme nach hinten auf den Rücken und fesselte ihn mit einem Strick, der in einer Ecke gelegen hatte.
»Haben Sie ihn umgebracht, weil er von Ihrem falschen Gutachten Wind bekommen hatte? Hat er Sie darauf angesprochen?«
»Oh, Mann, Sie sind ja wirklich ein Fuchs! Aber das nützt Ihnen rein gar nichts!«, bemerkte Gerd Gebber.
Seine Frau erzählte weiter: »Jaja, das hatte er tatsächlich herausgefunden. Er wollte mit uns in Ruhe über die Sache sprechen.«
»Aber warum haben Sie überhaupt ein falsches Gutachten erstellt? Damit der Wert Ihrer neuerworbenen Immobilien nicht ins Bodenlose fällt?«
» ...ins Bodenlose ... wie passend.« Gerd Gebber lachte.
Seine Frau übernahm wieder. Sie hatte Spaß daran, alles zu erzählen. Sie war eben durch und durch Rheinländerin.

»In erster Linie wollten wir natürlich verhindern, dass da noch mehr in der Gegend herumgegraben wird, als es sowieso schon für die Sanierung des Parks geschehen sollte. Bei so einer Bodenabtragung müsste ja wer weiß wie tief und weitläufig gegraben werden! Womöglich hätte man sogar die Keller unserer neuerworbenen Häuser kontrollieren müssen, bevor wir dazu

gekommen wären, sie zu sanieren und dabei selber unsere Untersuchungen anzustellen. Wir wollten natürlich nicht, dass jemand das, was wir suchen, vor uns entdeckt!«
Gerd Gebber gab zu: »Aber natürlich war der Wert unserer Immobilien am Geropark auch ein Grund, das ist richtig. Sie haben gut recherchiert, mein Lieber, aber es nützt Ihnen gar nichts mehr!«

»Wie haben Sie es getan? Haben Sie ihn vom Balkon gestürzt?« Gundula Gebber winkte gönnerisch ab und lächelte böse. »Naja, das war nun wirklich einfach. Wir haben Leonard Lieven an diesem Abend in der Villa besucht. Er hat uns ja schließlich eingeladen! Der arme Idiot! Er hat doch tatsächlich geglaubt, er könnte uns davon überzeugen, die Wahrheit zuzugeben und öffentlich zu machen. Er war nämlich eigentlich so ein Ökospinner, müssen Sie wissen. Wollte eine grüne Stadt und so weiter. Wir haben also scheinheilig mitgespielt, ihm nach dem Mund geredet. Ich habe ihm in einem passenden Moment ein Betäubungsmittel in den Chateau gekippt – er hat nur gemeint, der Wein hätte wohl doch etwas Korken! Wir mussten uns sehr zusammenreißen, um nicht laut loszulachen.« Sie kicherte. »Na, dann habe wir ihn übers Geländer geschoben und in die Rosen plumpsen lassen. Natürlich haben wir noch in Ruhe das gute Tröpfchen und die laue Frühlingsnacht genossen – ist ja eine prachtvolle Aussicht auf den Garten! Einfach herrlich! Später haben wir unsere Weingläser wieder mitgenommen und nur eines stehenlassen, so daß es so aussehen musste, als hätte Leonard Lieven sich ganz allein zwei Flaschen Wein zu Gemüte geführt. Und dieses eine Glas war selbstverständlich vollkommen rückstandsfrei; bis auf einen Rest von dem guten Wein natürlich. Dieser Chateau Mouton Rothschild war wirklich ein sehr guter Tropfen, nicht wahr, Gerd?«

Sie zwinkerte ihrem Mann verschwörerisch zu. Er nickte, obwohl er keine Ahnung von gutem Wein hatte.
»Damit waren zwei für uns sehr unangenehme Themen erfolgreich abgeschlossen. Es gab erwartungsgemäß keine polizeilichen Untersuchungen des Unfalls. Und es gab auch keine weiteren Fragen zu den Bodenproben im Park mehr. Zudem konnten wir damit rechnen, dass Henriette als Erbin von Leonard das kleine Haus auf jeden Fall eher verkaufen würde.«
»Warum musste sie dann sterben? Weil sie plötzlich wieder Interesse an dem Haus hatte und gar nicht mehr verkaufen wollte?«
»Mit ihrem Tod haben wir nichts zu tun!« Gerd Gebber wirkte ehrlich empört.

»Naja, jedenfalls war sie dann auch tot. Ja, dann sah die Sache für uns wieder sehr gut aus. Jochen Sauer war ja äußerst verkaufswillig. Aber dann hieß es auf einmal, dass er das Haus doch nicht geerbt hat.« Seine Frau zeigte auf Wilhelmina, die immer noch am Boden lag. »Diese lästige Person hat uns noch einmal etwas zusätzliche Kreativität abverlangt. Aber wir waren es einfach leid, zu warten.«
»Deshalb die vorgetäuschte Sanierung.«
»So ist es. Und schließlich haben wir es ja geschafft. Wir haben, was wir wollen.«

Sie lächelte zufrieden und schielte auf den Leinensack.
»Jetzt müssen wir aber wirklich gehen. Sie haben es uns richtig leicht gemacht! Wir können Sie beide einfach hier verrotten lassen. In diesem Grab fehlt nur noch die Erde.«
Beide lachten.
Kellermann zischte noch: »Mord verjährt nicht.«

»So, genug gequatscht, Kommissar. Keine Sorge, wir werden die Sanierung natürlich heute ordentlich abschließen, ich werde gleich, wenn ich hier raus bin, meine Männer anweisen, den Keller zuzuschütten, die Klappe zu entfernen, den Boden komplett zu erneuern und niemand wird je wieder Ihre klapprigen Gebeine zu sehen bekommen!« Er stopfte Kellermann seinen eigenen Schal in den Mund.
»Eigentlich gar nicht nötig. Hier unten hört sie eh niemand.«

Gundula Gebber nahm ihrem Mann den Leinensack mit dem kostbaren Inhalt ab und stieg die Stufen hoch. Sie war lange genug in diesem staubigen Loch gewesen. Ein paar Sekunden später hörte man ein »Pffffft ...« von oben. »Schatz? Alles in Ordnung?« Gerd Gebber steckte die Waffe in die Jackentasche und begab sich ebenfalls auf den Weg nach oben. Jetzt hörte man einen dumpfen Schlag und ein Stöhnen. Dann fiel Gebbers massiger Körper die Kellertreppe hinunter, zurück ins Loch.

Jupp Jessens Kopf erschien am Rand der Luke.
»Ich habe alles mitangehört, Klaus. Wir haben sie! Das war ja ein Super-Geständnis! Moment, ich mach euch sofort los.«

Jupp stieg aufgeregt herunter und befreite Kellermann und Willi von den Fesseln. Kellermann hustete, als er den Schal ausspuckte. Willi kam stöhnend wieder zu sich.
»Aua ... was ist hier los? Was ist passiert?«
»Na, Gott sei Dank, Sie sind wieder bei uns. Was passiert ist, erzähle ich Ihnen später. Können Sie aufstehen?«
Ihr war etwas schwindelig, aber es ging.

In diesem Moment fiel der Körper der bewusstlosen Gundula Gebber die Treppe herunter. Sie überschlug sich mehrfach auf den Stufen und kam ziemlich verdreht unten an. Dann krachte etwas über ihren Köpfen. Die Klappe war zugefallen ...

...VORBEI?

»Was ist denn jetzt los?«
»Da oben ist jemand!«
»Er hat sie runtergeworfen!«
»Verdammt, wer ist da oben?«
»Wo ist meine Waffe?«
Klaus Kellermann durchsuchte den am Boden liegenden, bewusstlosen Gerd Gebber und fixierte ihn.
»Jupp, hattest du ihm die Waffe abgenommen?«
»Nein.« Jupp sah zerknirscht aus. »Das wollte ich ja. Sie ist ihm oben aus der Tasche gefallen, als ich ihn mit einem Holzscheit niedergeschlagen habe. Ich wollte sie gleich hochnehmen, aber dann bin ich doch zuerst runter, um euch los zu machen ...«

Kellermann verdrehte die Augen. Gundula Gebber röchelte, als er sie filzte und dann ebenfalls fesselte.
»Verdammt. Also keine Waffe mehr. Hatte sie nicht diesen Leinensack in der Hand, als sie die Treppe hochstieg? Wo ist der? Der Leinensack ist auch verschwunden!«
»Was für ein Leinensack?«
»Vergiss es, Jupp. Wir müssen jetzt erstmal hier raus.«
»Aber wer hat uns eingeschlossen? Einer der Handwerker? Sind die zurückgekommen?«
»Das glaube ich nicht. Jupp, da wollte einer den Sack. Und er hat ihn sich genommen. Verdammt, ich habe keine Ahnung, was eigentlich da drin war.«

Kellermann stieg die Stufen hoch und drückte gegen die Holzklappe. »Sie geht nicht auf.«
»Lass mich mal.« Jupp stemmte sich mit aller Gewalt dagegen. »Sie bewegt sich nicht. Das gibt es doch nicht!«
Jupp schrie, so laut er konnte: »He, Mann, öffnen Sie!«
Dabei hämmerte er mehrfach mit der Faust dagegen.
»Hallo! Ist da oben jemand? Mach die Klappe auf, Idiot!«
Stille. Keine Antwort. Da oben schien niemand mehr zu sein.

Willi klopfte sich den Staub von den Sachen und rieb sich den schmerzenden Kopf. »Die Handwerker haben irgend so ein Sicherheitssystem eingebaut. Mit Riegeln und so. Sie wollten den Zugang unbedingt für andere verschlossen halten.«
»Na super. Hat wenigstens jemand ein Handy dabei?«
Willi nickte und holte ihr Handy aus der Tasche. Kein Empfang. Kellermann gab Gerd Gebber eine kräftige Ohrfeige

und rüttelte ihn solange, bis er aus seiner Ohnmacht erwachte.

»Wie kommen wir hier raus, Gebber? Kann man die Klappe irgendwie von unten öffnen?«
Gebber hustete und schüttelte den Kopf.
»Kommen Ihre Handwerker gleich nochmal wieder? Sie könnten uns rausholen! Gebber!«
Gebber schüttelte wieder den Kopf und verlor erneut das Bewusstsein.
»Wir müssen hier schnellstens raus. Die Luft reicht nicht so lange. Ist schon ziemlich stickig mittlerweile mit uns fünf atmenden Personen und all dem Staub.«
»Ich muss nachdenken, Jupp.«

Zwei Stunden später kauerten sie immer noch auf der bloßen Erde, aus der der Boden des Gewölbekellers bestand. Sie lehnten mit dem Rücken an der Wand – im wahrsten Sinne des Wortes, denn die Luft zum Atmen wurde immer knapper. Zum Glück schien die Baulampe noch. Sie hatte einen Akku. Willis innerer Akku dagegen war langsam leer. Sie fing an zu schluchzen. »Es gibt keinen Fluchtweg ...«

Jupp erstarrte. »Moment mal. Da fällt mir etwas ein. Erst gestern hab ich etwas über einen Fluchtweg ganz in der Nähe gehört.«
Kellermann und Willi sahen ihn an und schwiegen.
»Ich war mit dem Professor essen. Wir quatschen so vor uns hin, ich erzähle ihm, was du alles so herausgefunden hast, Klaus, und plötzlich erfahren wir ganz zufällig, dass es da

in der Nähe des Bistros am Abteiberg einen merkwürdigen Ausgang gegeben haben soll. Das Ende eines unterirdischen Ganges, der wahrscheinlich von der Abtei nach draußen geführt hat. Der Professor hat vermutet, dass es im Berg durchaus noch weitere Geheimgänge geben könnte! Ein richtiges Tunnelsystem.«

»So?« Kellermann wurde hellhörig.

Willi hörte auf zu weinen. »Und mir hat der Professor ziemlich viel über die Abtei erzählt und darüber, dass man damals bei Gefahr die Schätze der Abtei in Verstecken in Sicherheit gebracht hat. Unteridrische Geheimgänge wären doch ideale Verstecke für solche Schätze gewesen, oder nicht?«

»Ja .. durchaus möglich ...«

»Was, wenn diese Gänge mit den alten Gewölbekellern der Häuser rund um den Abteiberg verbunden sind? Vielleicht ist auch mein Haus mit so einem Gang verbunden!« Willis Stimme überschlug sich jetzt fast.

»So hätte man die Schätze vollkommen sicher wegschaffen können, ohne dass jemand, der die Abtei beobachtet, davon etwas mitbekommt. Und die Mönche hätten auch für sich selbst einen permanenten Fluchtweg gehabt.«

»Das würde doch absolut Sinn machen, oder?«

»Ja, Wilhelmina. Würde es.«

»Na klar! Wir finden den Zugang für den Geheimgang, das sag ich euch. Und dann geht es endlich wieder an die frische Luft.« Jupp deutete auf einen großen Hammer, der offenbar von den Handwerkern liegengelassen wurde. »Wir versuchen es damit.«

»Jupp, versuch es mal hier.« Kellermann zeigte auf einen

kleinen Vorsprung. Hier waren die Steine ein wenig dicker als die übrigen. »Ich kann zwar nicht erkennen, ob die später angemauert wurden, aber wir sollten es versuchen. Die zweite Möglichkeit wäre vielleicht die Nische, wo der Leinensack lag.«

Jupp legte los. Er klopfte hier und da, hörte auf einen eventuell hohlen Klang. Als das nichts brachte, drosch er planlos auf die Wände ein. Aber das einzige Ergebnis war, dass es unglaublich staubte und alle husten mussten.
»Jetzt hör schon auf, Jupp, das hat so keinen Sinn.«
Jupp ließ den Hammer sinken. Von einem Zugang zu einem Geheimgang war nichts zu sehen.

Wilhelmina sah Kellermann und Jupp an. »Die Handwerker werden uns schon finden. Irgendwann werden sie zurückkommen und ihren Chef suchen. Oder nicht?«
Die beiden nickten. Doch wenn die Handwerker nicht kamen, sah es schlecht aus. Niemand konnte sie hören. Niemand sonst würde ohne Grund in das kleine Haus gehen. Wahrscheinlich hatte derjenige, der mit dem Leinensack getürmt war, sogar den Teppich wieder ordentlich hingelegt. In ein paar Wochen würde das kleine Haus verkauft werden und irgendein bescheuerter Makler würde hier unten fünf verweste Leichen entdecken, dachte Kellermann. Jedenfalls würden sie nicht mit Erde bedeckt sein, so wie Gebber es vorgehabt hatte.
Dann ging das Licht der Baulampe aus. Der Akku war leer. Es wurde dunkel. Nur das halbleere Handy bot noch die Gelegenheit, ab und zu ein wenig Licht aufleuchten zu lassen. Die drei fühlten sich jetzt wie in einem dunklen Grab.

Was sollen wir bloß machen?« Willi ließ sich entmutigt auf den Boden sinken, sprang aber sofort wieder auf. »Aua.« Sie rieb sich den Kopf.

»Was ist passiert?«

»Ach, nichts, ich habe mich nur an irgendetwas gestoßen.«

»Woran denn?«

»Keine Ahnung. Es tut jedenfalls ziemlich weh.«

»Geben Sie mir doch bitte mal Ihr Handy.«

Kellermann beleuchtete den staubigen Erdboden, aus dem tatsächlich irgendetwas herausragte. Er runzelte die Stirn. »Hm. Wir sollten das mal freilegen. Wir brauchen so etwas wie eine Schaufel. Etwas, womit man graben kann.«

Er ließ den Lichtstrahl zu Gundula Gebber wandern. Ihre riesige Metall-Gürtelschnalle mit einem Löwenkopf darauf war ihm vorhin schon aufgefallen. Kellermann nahm ihr den Gürtel ab und fing an, die Erde rund um die Erhebung auf dem Boden zu entfernen. Ein verrosteter Eisenring wurde sichtbar.

»Du meine Güte. Was ist denn das für ein Ring, Klaus?«

Kellermann antwortete nicht. Kellermann grub. Willi und Jupp sahen ihm mit offenen Mündern zu. War das nicht eine Holzplatte, an der dieser Ring befestigt war?

»Das gibt es doch nicht. Ist das etwa ...«

»... vielleicht ein Fluchtweg ...«, vervollständigte Kellermann, der nun tatsächlich die Umrisse einer Klappe freilegte. »Ja, Jupp. Es ist eine Bodenklappe, genau wie oben im Erdgeschoss. Eine Klappe, die vor langer Zeit von irgendjemandem unter einer dicken Schicht Erde begraben worden ist. Los, Jupp, fass mal mit an. Wir wollen mal sehen, warum ...«

Mit großer Kraftanstrengung stemmten die beiden Männer die knarzende Klappe hoch. Wieder tat sich ein dunkles Loch auf. Und wieder führten alte Steinstufen nach unten ..

Durch dick und dünn

Der Gang war schmal und niedrig. Sie mussten teilweise kriechen. Jupp ging vor, sie hatten Willi in die Mitte genommen, und Kellermann bildete das Schlusslicht der wurmartigen Prozession.

»Heilige Mutter Gottes ...«, betete Willi ununterbrochen.

»Jetzt hören Sie schon auf. Wir sollten uns lieber beeilen. Der Akku Ihres Handys hält nicht ewig.«

»Hier führt ein Weg zur Seite und einer nach oben, Klaus. Welchen sollen wir nehmen?«

»Funktioniert der Kompass im Handy?«

»Ja. Also, links muss es zum Färberwaid gehen. Das wäre doch gut, oder?«

»Geht so. Auch das Färberwaid hat keine sichtbare Tür im Gewölbekeller. Ich war gestern erst dort. Wenn der Keller auch nur durch so eine schwere Klappe im Boden zu erreichen ist, können wir das vergessen. Von unten kriegen wir das nie auf. Denk an die dicke Schicht aus Erde. Die müssten wir in einem hochstemmen. Keine Chance, Jupp. Geht erstmal nach oben, einfach immer weiter nach oben.«

Sie kämpften sich Schritt für Schritt vorwärts, stiegen viele Steinstufen hoch, duckten sich, krochen, stolperten. Irgendwann ging es nicht mehr weiter. Sie standen vor einer Holzwand.
»Hier kommen wir nicht weiter. Ein Irrweg. Wahrscheinlich gab es weiter unten doch noch eine Abzweigung. Vielleicht war sie verschüttet und wir haben sie übersehen. Wir müssen zurück.«
»Jetzt wartet doch mal. Wir versuchen es. Das Holz scheint nachträglich eingesetzt worden zu sein.«
Jupp klopfte auf das Holz. »Es ist hohl. Tja, und jetzt freut ihr euch, dass ich den Hammer mitgenommen habe, oder?«

Dann fing er an, auf das Holz einzudreschen. Es war recht stabil. Aber Jupp war ebenfalls recht stabil. Es knackte und knirschte. Und plötzlich war da ein Loch. Vor ihnen stand der Diakon, der sich eigentlich nur ein Buch aus dem Regal holen wollte und dann vom Krach des berstenden Holzes überrascht wurde. Drei verstaubte Gesichter starrten ihn an.

Der alte Sack

Kurze Zeit später sahen die drei ramponierten Helden im Haus von Wilhelmina zu, wie die Polizei die beiden verstaubten, aber wieder zu sich gekommenen Gebbers aus dem Keller befreite und dann in Handschellen abführte.
Frau Gebber kreischte laut: »Ich habe nichts damit zu tun! Rein gar nichts! Das hat alles mein Mann geplant! Ich bin nur

ein Opfer!«
»Jetzt halt endlich die Klappe ...«, zischte Gebber seiner Frau zu. Zur Untermalung seiner Worte trat er ihr noch gegen das Schienbein, als sie nacheinander auf den Rücksitz des Polizeiwagens geschoben wurden. Sie versuchte, ihn mit dem Ellenbogen zu erwischen. Das Ehepaar musste schließlich getrennt werden.

»Meine Waffe und der Leinensack sind verschwunden.«, stellte Kellermann mit grimmigem Gesicht fest, als er sich neben der Luke zum Keller umsah. Er hatte einen entschlossenen Gesichtsausdruck, als er Willi das Handy zurückgab. »Das habe ich befürchtet. Er hat beides mitgenommen. Aber jetzt holen wir uns den alten Sack.«
Jupp sah ihn verwirrt an.«Den alten Sack? Du meinst wohl den Leinensack?«
»Ja, Jupp ... den natürlich auch. Der Kerl, der uns im Keller eingesperrt hat, hat ja wohl auch den Leinensack mitgenommen. Oder wollt ihr euch so einfach in einem dunklen Loch einsperren lassen?«
Jupp schüttelte den Kopf. »Aber weißt du denn, wer es war? Wir haben schließlich niemanden gesehen. Ich habe auch keine Ahnung, wer so etwas machen würde.«
Kellermann blickte grimmig. »Es ist jemand, der ganz genau von den illegalen Aktivitäten der Gebbers und ihren Begehrlichkeiten gewusst hat.«
»Aber das waren doch nur wir, stimmt`s nicht?«
Kellermann antwortete nicht.
»Tom ... es kann nur Tom gewesen sein ...« , flüsterte Willi zu

sich selbst. Obwohl sie ihn verdächtigt hatte, den Schlüssel ihres Hauses an sich genommen und kopiert zu haben, hätte sie ihm so etwas nicht zugetraut.
Kellermann legte ihr eine Hand auf die Schulter.
»Gehen Sie duschen, Willi. Erholen Sie sich auf Ihrem schönen Sessel. Trinken Sie einen Tee. Wir melden uns dann später und erzählen Ihnen den Rest der Geschichte.«
Sie schüttelte seine Hand ab. »Nichts da. Ich war die ganze Zeit dabei. Ich komme natürlich mit.«

So geschah es. Diesmal ging Kellermann vor, Willi in der Mitte und Jupp folgte ihnen – er hatte ebenfalls keine Ahnung, wohin sie überhaupt unterwegs waren. Keiner sagte ein Wort. Sie durchquerten den Park, gingen unter der Unterführung hindurch, durchstreiften das Westend. Jupp und Willi wurde klar, dass sie in der Richtung von Kellermanns Haus unterwegs waren. Ein Streifenwagen überholte sie. Die Polizisten nickten Kellermann zu und fuhren weiter. Offenbar hatte er sie vorhin schon darüber informiert, wohin sie fahren sollten.

Etwas später hatten die drei Kellermanns Haus erreicht. Die Polizisten im Streifenwagen warteten dort schon auf ihn, hatten aber noch nichts unternommen. Sie saßen noch im Auto und stiegen erst aus, als Kellermann auf sie zukam. Alles war bereit. Und allen war klar, dass der pensionierte Kommissar absolut das Recht dazu hatte, diesen Fall persönlich zuende zu bringen und das letzte Knäuel zu lösen.

Kellermann ging auf die gegenüberliegende Seite seines Hauses und blieb auf auf dem Gehweg stehen. Jupp und Willi folgten ihm.
»Kann ich nochmal Ihr Handy benutzen? Dann brauche ich nicht ins Haus zu gehen und meines zu holen.«
»Natürlich.« Sie gab es ihm. Er wählte eine Nummer, die er offenbar sehr gut kannte.

»Komm einfach raus,« sagte Kellermann in ruhigem Ton. »Die Sache ist vorbei. Du bist aufgeflogen. Wir sind nicht tot, auch wenn dir das lieber gewesen wäre.«
Eine Pause entstand. Alle starrten Kellermann an, der offenbar zuhörte, was sein Gegenüber erwiderte.
»Das ist mir egal. Ich will keine Entschuldigungen hören. Es gibt nämlich keine. Und bring den Leinensack samt Inhalt mit. Wir wollen auch wissen, was darin ist. Wir wollen wissen, was der Grund für all diese kriminelle Energie ist, wir wollen wissen, warum Leonard und Henriette sterben mussten.«

Kellermann sah hinüber auf die andere Straßenseite, wo die Polizisten sich strategisch positionierten. Einer verschwand hinter der Häuserreihe. Sicher, um rückwärtige Ausgänge zu bewachen, dachte Willi.

Jupp, der Kellermanns Blick gefolgt war, wurde plötzlich ganz blass und schlug sich auf den Mund. »Oh mein Gott. Bist du sicher, Klaus? Ich kann mir einfach nicht vorstellen, dass er es ist. Ausgerechnet er!«
»Doch, Jupp, leider, er ist es. Da gibt es keinen Zweifel.«

»Aber was ist sein Motiv? Er ist doch kein Verbrecher!«
»Es war die Gier, Jupp, ein unwiderstehliches Verlangen. Das ist ein sehr starkes Motiv. Immer schon gewesen, genau wie Liebe und Eifersucht. Und es war ganz einfach für ihn, er hat die Situation ausgenutzt. Er muss gewusst oder geahnt haben, um welche Art von Schatz es den Gebbers eigentlich geht. Er wusste, dass die Gebbers im Keller herumgegraben haben. Wahrscheinlich hat er uns heute beobachtet, ist dir gefolgt, Jupp. Er hat gesehen, wie du Frau Gebber niedergeschlagen hast, als sie aus dem Keller kam. Und wie du dann auch ihren Mann erledigt hast, der dann wieder zurück ins Loch fiel. Leider hast du ihr nicht den Leinensack abgenommen, Jupp. Das hat er natürlich gesehen. Dann bist du runter zu uns. Er musste einfach nur die Klappe zuschlagen und hatte uns alle fünf im Sack. Dann konnte er unbehelligt meine Waffe und den Schatz im Leinensack mitnehmen.«

Jupp war zerknirscht. »Es tut mir leid, Klaus. Da habe ich nicht aufgepasst.«
»Ach, Jupp, dafür hast du tausend andere Male aufgepasst, dass mir nichts passiert. Dass Wilhelmnina nichts passiert. Oder dass Henriette nichts passiert.«
»Und jetzt mußt du einen Freund verhaften lassen.«
»Für mich ist er kein Freund mehr. Er hat den Tod von uns und den Gebbers unten im Gewölbekeller ohne zu zögern in Kauf genommen. Das ist eine Tatsache.«

In diesem Moment öffnete sich die Tür eines Hauses, aber es war nicht Kellermanns. Es war das Haus nebenan. Um Gottes

Willen, da würde jetzt ein Unbeteiligter, der zufällig aus der Tür trat, in die Sache hineingezogen, dachte Willi. Wie konnte die Polizei das zulassen? Hatten Sie nicht richtig aufgepasst? Jupp und Kellermann sagten kein Wort dazu, waren nicht erstaunt, und beobachteten still, wie die Tür aufging. Willi verstand gar nichts mehr.

Aus der Tür des Nachbarhauses kam ein gebückter alter Mann. Er ging sehr langsam. Und er hielt den Leinensack und die Waffe in den Händen. Er legte beides auf den Boden, als die Polizisten auf ihn zielten. Willi schluckte. Sie konnte nicht glauben, was sie da sah. Der gebückte alte Mann war Professor Karl Kling!

Die Polizisten übergaben Kellermann seine Waffe und den Leinensack. Der öffnete das Band, das den Beutel verschlossen hielt. Dann zog er vorsichtig zwei uralte Bücher heraus. Es waren kostbare Handschriften. Auf den Längstschnitten standen jeweils eine Zahl und ein Buchstabe. A1 und A2.
»Die Gladbacher Bibliothekssignatur. Überall auf der Welt eindeutig zu identifizieren ...«, sagte Willi ergriffen. »Das sind hebräische Handschriften. Es könnten sogar die beiden Bände der hebräischen Bibel sein, die der Abt vor den Franzosen in Sicherheit gebracht hat. Mein Gott. Er hatte mir noch davon erzählt ...«
»Die Versuchung, so etwas zu besitzen, war dann doch einfach zu groß für jemanden, der sein ganzes Leben diesem Thema gewidmet hat.«

Später wurde es von offizieller Seite bestätigt: Es handelte sich tatsächlich um die beiden verschollenen Bände der einzigartigen hebräischen Bibel von Nathan ben rabbi aus dem Jahre 999, einer unsagbar wertvollen Handschrift, die wahrscheinlich im Winter 1794 im Gewölbekeller des kleinen Hauses am Geroweiher in einem Leinensack eingemauert wurde.

Am Ende sind es immer die Tauben

Kellermann und Willi saßen auf der Bank am Geroweiher und fütterten die Tauben. Willi trug ein hellblaues Sommerkleid. Ihren Schirm hatte sie nicht dabei. Sie brauchte ihn jetzt nicht mehr.

»Ich kann es immer noch nicht begreifen. Der Professor hätte uns einfach im Gewölbekeller sterben lassen. Für zwei antike Handschriften! Unfassbar. Und ich dachte, er wäre ein Freund.«
»Ja, das dachte ich auch.«
»Hat ihm das denn gar nichts bedeutet?«
»Doch, ich denke schon. Jedenfalls früher. Wir waren viele Jahre sehr eng miteinander. Aber er hat sich verändert. Als seine Frau vor zwei Jahren gestorben ist, hat er sich von allen zurückgezogen. Ich habe ihn danach nur noch ab und zu beim Stammtisch getroffen.«

Willi machte ein betroffenes Gesicht.
»Ich habe viel von ihm gelernt.«

»Das glaube ich gern. Die Vergangenheit Gladbachs, die Abtei, die Bibliothek, das war schon immer sein ganzer Lebensinhalt, sein großes Thema. Ich war jedenfalls froh, dass er Sie diesbezüglich ein wenig unter seine Fittiche genommen hatte.«
»Ja, das war ich auch.« Sie seufzte.
»Aber wir schwelgen in der Vergangenheit. Man muss immer in der Gegenwart leben. Es ist wichtig zu realisieren, dass er uns letztlich für zwei Bücher geopfert hätte – auch wenn es natürlich unglaublich wertvolle Kunstschätze sind.«
Willi nickte. »Wie sind Sie überhaupt darauf gekommen, dass er es war, der die Klappe zugeschlagen hat?«
»Jupp hat ihm an dem Abend im Bistro locker flockig alles erzählt, was wir über die Pläne der Gebbers herausgefunden hatten. Und das war verdammt viel! Dann erfuhren beide auch noch durch einen Zufall von dem Ausgang des unterirdischen Geheimganges am Abteiberg. Das hatte Jupp uns in Ihrem Gewölbekeller erzählt, erinnern Sie sich?«
»Ja, stimmt.«
»Ich habe nur nachvollzogen, wie unser Professor wohl auf diese Informationen reagiert haben muss. Ich habe ihn einfach realistisch betrachtet, besonders unter dem Gesichtspunkt, dass er sich in der letzten Zeit verändert hatte. Dass er sich immer mehr auf die Vergangenheit der Abtei fokussiert hatte. In puncto Gier auf Kunstschätze der Abtei war er sozusagen mein allererster Verdächtiger.«
»Verstehe.«

Kellermann holte einen neuen Beutel Vogelfutter aus der Tasche.

»Tja, die Gier. Eine zutiefst menschliche Eigenart. Lässt sich auf alle Bereiche übertragen. Was meinen Sie, bei wievielen Mordfällen in meiner Karriere die Gier das Motiv war?«

Er fuhr fort: »Der Professor realisierte an dem Abend mit Jupp, dass die Gebbers auf Schatzsuche waren. Dass sie in den Kellern der Häuser, die sie nach und nach gekauft hatten, nach verschollenen Schätzen der Abtei suchten.«

»Und woher wussten die Gebbers von eventuellen Schätzen in den Gewölbekellern?«

»Wahrscheinlich haben sie durch Zufall bei einer der Sanierungen mal etwas gefunden, irgendetwas Wertvolles aus der Abtei. Da sind sie natürlich auf die Idee gekommen, dass da noch mehr sein könnte. Die Gier – ich sag es ja!«

Er schob seine Mütze nach oben. »Zumal sie von dem Ausgang des unteridrischen Ganges am Abteiberg ja ebenfalls gewusst haben; schließlich hatte Gebbers Firma ihn für die Stadt wieder verschlossen.«

»Gar nicht so blöd, die beiden.«

»Der Professor ist natürlich ebenfalls drauf gekommen, klare Sache. Er wusste also nun, dass die Gebbers wirklich auf der richtigen Spur waren. Er wusste, dass die Mönche in den Gewölbekellern der Häuser Verstecke für ihre Kunstschätze eingerichtet haben mussten. Das war für ihn sonnenklar!«

»Ideale Verstecke.«

»Ganz genau.«

»Hat er gewusst, dass in meinem Keller Handschriften aus der Bibliothek versteckt sein könnten?«

»Jedenfalls hat er es sicher gehofft. Wie gesagt; die Bibliothek, das war sein großes Thema, seine Leidenschaft. Und Sie

wissen ja, dass unglaublich viele Handschriften und Bücher bis heute verschollen sind. Da hat er kombiniert, dass der damalige Abt sicher seine wertvollsten Schriften in den Kellern gesichert haben könnte.« Kellermann fuhr sich mit der Hand übers Gesicht. »Eigenartig ist nur, dass niemand vorher drauf gekommen ist.«
»Offensichtlich gab es in Gladbach bislang nur wenige Kellersanierungen.«
Beide lachten.
»Sie haben absolut recht. Bislang war Gladbach ja ein eher verschlafenes Städtchen. Erst in letzter Zeit wurde die Stadt immobilientechnisch aufgemöbelt.«

Kellermann faltete die Hände zusammen und legte sie auf den Schoß.
»Jedenfalls hat die Aussicht auf einen Kunstschatz der Abtei den Professor dann offenbar so berauscht, dass wir ihm völlig gleichgültig wurden. Er ist Jupp gefolgt. Er hat alles beobachtet. Dann hat er den günstigen Augenblick genutzt, die Klappe einfach zugeschlagen und gehofft, dass wir dort als einzige Mitwisser der Sache elendig verrecken. Er wollte seinen Schatz nicht mehr hergeben müssen.«
Willi drehte eine Locke um ihren Finger. »Aber er hat nicht geahnt, dass wir es schaffen, den früheren Zugang zu den Gängen zu finden und uns zu befreien.«
»Nein, das hat er zweifelsohne nicht.«
Willi nickte. »Ich habe erst gedacht, Tom könnte es gewesen sein, als wir in Richtung Ihres Hauses gegangen sind.«
»Ja, natürlich. Sie wussten ja gar nicht, dass der Professor mein

Nachbar ist.«

Er lächelte. »Ich habe auch zuerst Tom verdächtigt, aber ihm fehlen die Antennen für echte Kunstschätze. Der fliegt eher auf naheliegende Geldquellen. Ihren Schlüssel hat er übrigens tatsächlich kopiert. Gundula Gebber hat es bei der Vernehmung zugegeben.«

»Aber warum hat er das getan?«

»Tom wollte sicher einfach mal nachsehen, was dort los ist. Schließlich rankten sich so einige Geschichtchen um das Haus. Tom sucht ständig Möglichkeiten, zu mauscheln, Leute zu bequatschen, auszuhorchen und seinen Vorteil daraus zu ziehen. Bestimmt hat er einfach gesehen, wo Sie den Schlüssel hingesteckt haben.«

»Ja, stimmt. Ich stand neben ihm, als ich ihn in die Tasche der Jacke gesteckt habe.«

»Außerdem wusste er, dass seine Vermieterin Interesse an Ihrem Häuschen hatte. Die Gebber hat ihm sicherlich einiges für den Schlüssel versprochen.«

»Eine echte Enttäuschung. Aber sein Erdbeerkuchen war ziemlich gut.«

Beide lachten.

»Etwas gibt mir noch arg zu denken.« Willi zog die Augenbrauen zusammen.

»So? Dann raus damit.«

»Sie sagen, dass die Gebbers vehement bestreiten, dass sie Henriettes Sturz verursacht haben. Aber warum sollten sie das nicht zugeben? Sie sind doch sowieso wegen Mordes an Leonard Lieven dran.«

»Das ist richtig. Aber sie waren es eben einfach nicht.«
»Nicht? Aber wer dann?«
»Nun, ich denke, es ist Zeit, es Ihnen zu sagen. Es gab zwei Telefonate am Tag des Unglücks in Henriettes Anrufliste. Das erste Gespräch führte sie mit Gundula Gebber. Die Nummer des letzten Gespräches war keinem Namen zugeordnet. Aber ich habe die Nummer natürlich sofort erkannt. Henriette hatte mir schließlich den Ermittlungsauftrag gegeben, Näheres über eine gewisse Maria Maassen in Erfahrung zu bringen.«

Willi boxte ihn in die Rippen. »Ich wusste es. Warum haben Sie es mir nicht früher erzählt?«
»Aua.«
»Warum nicht?«
»Ich konnte nicht. Ich hatte es Henriette versprochen.«
»Erzählen Sie schon weiter.«
»Ich kannte also die Telefonnummer Ihrer Mutter in Lörick ziemlich genau.«
»Soll das heißen, dass meine Mutter an diesem Tag mit Henriette gesprochen hat?«
»Ja. Sie haben sich für den Abend verabredet. Und es kam auch zu diesem Treffen am Gladbacher Münster. Ihre Mutter hat es zugegeben. Sie wollte Henriette Lieven unbedingt davon abbringen, Ihnen die Wahrheit über Ihren Vater zu erzählen.«
Willi wurde blass. »War sie es, die Henriette gestossen hat?«
»Das Gespräch draußen vor der Kirche wurde zu einem Streit. Aber als sie gegangen ist, lebte Henriette noch.«

Willi sah ihn skeptisch an. »Und Sie glauben ihr?«

»Ja, das tue ich. Ich weiß nicht wieso, aber das sagt mir mein Bauchgefühl. Als sie weg war, muss Henriette wohl noch eine Weile dort geblieben sein. Sie war aufgewühlt.«
»Was soll das heißen?«
»Sie war vielleicht etwas unvorsichtiger als sonst. Und dann ist sie wohl gestürzt.«
»Es war also tatsächlich nur ein Unfall?«
»Ja. Es war ein Unfall, der jede Menge Knäuel zum Vorschein gebracht hat. Da habe ich ganz schön falsch gelegen!«

Weit hinten im Park rumorte ein Bagger, der den Hügel abtrug und eine Menge Schutt zutage förderte, der in ein Spezialfahrzeug geladen wurde.
»Tja, sehen Sie nur. Das haben wir auch gemeinsam erreicht. Der bleihaltige Schutt der alten Lieven-Fabrik wird endlich entfernt.«
»Ja, ein gutes Gefühl. Fühlt sich irgendwie an, als wäre auch aus meinem Leben so einiger Schutt entfernt worden.«
»Sind Sie traurig, dass Sie Ihre Familie gar nicht richtig kennenlernen konnten?«
Willi zog ebenfalls eine neue Tüte Wildvogelfutter mit Erdnüssen aus ihrer Tasche und fütterte die Tauben, obwohl es natürlich verboten war.
»Ja, schon. Es ist traurig. Aber wenigstens habe ich meine Tante kennenlernen dürfen. Ich mochte sie. Von Anfang an.«

Kellermann beobachtete, wie vorsichtig Willi mit den Tauben umging, die es zuließen, dass Willi ihnen kurz über das Gefieder strich. »Wussten Sie, dass Tauben monogam leben?

Sie sind sich ein Leben lang treu. Ist das nicht faszinierend? Außerdem sind es Haustiere, nur eben verwildert. Sie sind nicht dafür gemacht, alleine in der Stadt umherzustreifen und die Abfälle der Menschen fressen zu müssen. Ihnen fehlt ein festes Dach über dem Kopf. Ein Zuhause.«

Der alte Kommissar lächelte. Dann wurde er ernst. »Und jetzt denken Sie mal an die Zukunft. Ihnen steht natürlich auf jeden Fall das gesamte Erbe Ihres Vaters zu. Als es Henriette zugesprochen wurde, wusste man ja noch nicht, dass er eine Tochter hat.«

»Ach, die Villa interessiert mich eigentlich gar nicht. Das kleine Haus ist mir genug. »

»Nicht so voreilig! Die Dinge immer mehrfach umdrehen. Warum sollte Jochen Sauer alles behalten? Hätte Ihr Vater, wenn er denn gewusst hätte, dass er eine Tochter hat, gewollt, dass ein Typ wie Jochen Sauer sich sein Zuhause krallt? Sicher nicht!«

»Aber nun ist es, wie es ist. Es gehörte Henriette. Und sie wollte diesen Verein begünstigen.«

»Aber Henriette hätte ihr Testament auf jeden Fall noch geändert. Sie ist nur nicht mehr dazu gekommen. Sie sind ihre Nichte, die einzige Verwandte!«

»Warum hat sie mir eigentlich das kleine Haus vermacht, als sie noch gar nicht mit Sicherheit wissen konnte, dass ich ihre Nichte bin?«

»Sie wollte, dass Sie ein Zuhause bekommen. Weil sie Sie mochte. Das ist alles.«

Er fügte lächelnd hinzu: »Sicher haben Sie sie an eine der

Stadttauben erinnert. Henriette liebte nämlich die Tauben, genau wie Sie. Das haben Sie gemeinsam.«

Kellermann schien zu überlegen und verzog dann den Mund. »Überlassen Sie nicht dem gierigen Jochen Sauer das Terrain. Sein Verein ist nur Makulatur. Seine Aktivitäten sind – gelinde gesagt – fragwürdig. Er ist gierig. Das spürt man sofort. Nehmen Sie das selber in die Hand! Engagieren Sie sich! Wie wäre es mit dem Tierschutz? Da gibt es genug zu tun. Verschaffen Sie anderen Lebewesen ein Zuhause, so wie Sie eines bekommen haben. Ist natürlich nur ein Beispiel.«

»Das könnte ich mir durchaus vorstellen.«

Er sah sie eindringlich an. »Wir sind nicht auf der Welt, um nur um uns selber zu kreisen. Das ist nicht gut.«

»Vielleicht sollte ich darüber nachdenken.«

»Auf jeden Fall sollten Sie darüber nachdenken. Und Sie werden rechtlichen Beistand brauchen. Lassen Sie sich beraten. Es gibt einen tollen Rechtsanwalt für Erbrechtsdinge, Dr. Piffkes, ich war selber schon bei ihm. Seine Kanzlei ist gleich in der Nähe.«

»Das wird einen elenden Rechtsstreit geben.«

»Na und? Was haben Sie zu verlieren? Jochen Sauer wird natürlich nicht so ohne weiteres mit allem, was Ihnen zusteht, herausrücken. Sie können damit rechnen, dass er Ihnen Knüppel zwischen die Beine werfen wird. Aber was soll`s? Kämpfen Sie. Ich bin sicher, Sie können das. Genau wie Henriette. Sie haben sehr viel Ähnlichkeit mit ihr.«

Kellermann und Willi standen von der Bank auf und gingen

ein paar Schritte am Weiher entlang in Richtung von Willis kleinem Haus. Der Duft der Lindenblüten drang in ihre Nasen und erinnerte daran, dass der Juni schon fast vorbei war.

»Und was haben Sie jetzt vor, Herr Kellermann? Wird die Ermittlungswand in Ihrem Keller nochmal zum Einsatz kommen? Wäre doch eigentlich schade, wenn nicht.«

»Nun ja. Ich befürchte, meine Vorstellung vom gemütlichen Leben eines Pensionärs muss ich wohl revidieren. Es gab nämlich schon eine interessante Anfrage, die mich zu reizen beginnt. Sie kam, nachdem in der Rheinischen Post der Artikel über die ganze Sache erschienen ist.«

»Kann ich mir vorstellen.« Willi lächelte. »Hauptsache, Sie werden dann noch genug Zeit haben, um mich zu besuchen. Ich möchte Sie jetzt schon zu einer Einweihung einladen, die möglichst bald stattfinden wird.«

»So?«

»Ja. In meinem Keller.« Sie lachte verschmitzt.

»Nun, an den haben wir ja nicht die schönsten Erinnerungen. Das beweist einmal mehr, dass Sie Henriette wirklich ähnlich sind. Sie sind mutig wie sie.«

»Naja. Wie sagten Sie so schön? Das ist Vergangenheit. Ich werde den kleinen Keller sanieren. Die Klappe wird als erstes entfernt, der Zugang vergrößert, es wird eine neue Etage. Die Verbindung zum Geheimgang der Abtei wird endgültig geschlossen. Der Raum soll ein kleiner, privater Weinkeller für meine Freunde werden. Ich möchte Sie hiermit ganz offiziell zur Einweihung einladen. Sie sind für mich ja auch ein Freund

geworden.« Kellermann errötete. »Ich muss nur noch Handwerker finden, denen man wirklich vertrauen kann …«
Er lächelte.
»Eine sehr gute Idee. Wie sagt man so schön; am Ende wird alles gut. Und was für ein schöneres Ende könnte es überhaupt geben, als den Plan zu fassen, einen Weinkeller einzurichten?«

ENDE DER GESCHICHTE …

Die Geschichte der hebräischen Bibel von Nathan ben rabbi mosche aus dem Jahre 999

1724: Die Benediktinermönche Martène und Durand erwähnen in einem Reisebericht die bedeutende Bibliothek der Abtei St. Vitus und explizit 3 Bibeln, die sie dort vorfanden, darunter die hebräische Bibel von Nathan ben rabbi, entstanden 999.

Dezember 1792: Die Franzosen werden erwartet, Besitztümer versteckt. Bücher und Kunstgegenstände unter einem Bogen, der von Martinschor zum Tor des Klostergartens führt, Reliquien in 2 Kisten hinter dem Stephansaltar, das Archiv in Fässern, Silber und Pretiosen in einem Gewölbe oberhalb des Kerkers. Die Franzosen kommen jedoch nicht.

Ende 1794: Die Franzosen stehen unerwartet doch noch vor den Toren Gladbachs.

1790 - 1795, wahrscheinlich aber 1794: Augustinus Raves, ein Mönch der Gladbacher Abtei erstellt in aller Eile eine Liste von wertvollen 20 Handschriften und 2 Drucken, wahrscheinlich ganz kurz bevor die Franzosen alles beschlagnahmen. Darunter sind die 2 Bände der Biblia hebraica, der hebräischen Bibel. Danach verliert sich ihre Spur.

Dezember 1794: Véron, Commissaire des art, französischer Kommissar, trifft in der Abtei ein.

04.Januar 1795: Véron und Gancel erstellen eine Liste mit insgesamt 25 Handschriften und Drucken. Die hebräische Bibel ist nicht darunter.

08.09.1801: Der Sonderbeauftragte Dr. Constantin von Schoenebeck erstellt eine weitere Liste mit 763 Handschriften und Drucken, konfisziert zahlreiche Werke für die geplante Bibliothek des Départements, das niemals entstehen wird. Die hebräische Bibel ist nicht darunter.

09.06.1802: Auflösungsdekret für alle kirchliche Korporationen und Stiftungen im Rheinland.

11.10.1802: Die letzten 31 Mönche verlassen unter Tränen die Abtei.

1803: Die Franzosen verkaufen die Abteigebäude und Gärten an Heinrich Jakob Pauls für 30.400 Franken, den Abtshof an Johann Heinrich Compes für 20.100 Franken.

1837: Eine Liste des Inventars des Gladbacher Pfarrhauses wird erstellt. Die hebräische Bibel ist nicht darunter.